佐藤正子詩集

Sato Masako

新・日本現代詩文庫

124

土曜美術社出版販売

新・日本現代詩文庫　124　佐藤正子詩集　目次

詩篇

詩集『**人間関係**』（一九九四年）全篇

エッセイ

解説

詩篇

詩集『白い夏』（一九六九年）全篇

かっぽう着の印象

白く　薄い　記憶を
まとい
やがて
それに　思い出の
温みが　溶けあう頃

夕やみにまぎれて
母の匂いが
訪ねてくる

その後の私達

時々の苦労に
しわも　笑顔も
つくってきたはずの
あなたは
ふっと
ちがった苦しみに
たえきれないように　逝った

「これからが……」
そんなふうに
人は　惜しんだけれど
その後の私達には
その後の苦しみが

ひっそりと
待っていた

あなたを訪ねて

きのうの雪を吸いこんだように
しっとり
段々の中程に
あなたは　待っている

かっぽう着を忘れて
空の下の
春と秋
一対の花と線香に
ほほえもうと
あなたは　待っている

もう　四年間
あなたに
屋根はない

三年前

まるで型どおり
埋葬はすみました
それで
きのうまでのあなた
白いかっぽう着が　さわさわと
末っ子の反抗を哀しんだ
その　あなた
うす紫のいくすじかの煙と
もろく　からからした遺骨に

逃げてしまった
あなたという人の　求めた
これが　やすらぎなのですか

おいかけごっこ

おいかけっこは飽《あ》きました
もう　ずっと　あの時から
このおいかけっこ
両手をさしのべ
ぐるぐる　青春の輪の上を
男と女
互いに　おいかけっこ
苦しみ　喜び
反復に疲れて
逃げる者を　瞳を
とらえる
無理を知りました

冬の枝

あなたのつぶやきの　すきまに
冬の　枝をみた
うすやみの　雲の　やわらみに
つめたく　その先端をつき立て
ふたりの　語らいに
ハラとも　ふるえない

いつか
つぶやきのすきまが
ひろがって
枝は

白く凍っていた

こころのふね

この上　何を
積めましょう
愛と　憎しみで
こころのふねは
別れの　暗い海に
今にも
沈みこみそうなのに

この上　何を
積めましょう

別れ

ふたりの
芝生は　冷えていた
空から　重く　たちこめる
無言の中で
息づいていた
女の眼が
熱い　しずくとなって
落ちた

それでも
芝生は　冷えていた

再会

じっと　息をころし
黒眼は　試していた

だが……
あの匂《にお》いは
黒眼の　粘膜をしみこんで
こもると
水滴になり
こぼれて
胸の　こころを
ぬらした

白い夏

夏は
その　白い微笑に
まぶしくさえなかった
ただ　髪だけが
そよいで
夏に溶けようとした

熱い　誘いは
髪とあそぶと
たまゆらを
冷えて　風になった

短かい喜び

瞳から　あふれ
はなびらのように
ちらばり　漂っていた
微笑は
とらわれるのを避けて
ひとつの　言葉に
変身した

退屈な午後

退屈な午後
物干台で
風が　坊やの　ズボンをはいて
遊んでいる

少年の眼

肩ごしに
光る
水のような
眼

小麦色の　肢体が
たたえる　おののき
胸に　しみ入る
少年の眼

その時

その時
いつもの　微笑に
ふんわりまもられた
そして
白い心が
あなたの　すみずみから
のぼってきた

喜びの朝

雨のあと……
青空を　吸って
ビルは　輝いた

あなたの匂い

まどろみから　さめると
あの森の　大気は
あなたの　匂いを
すいこもうとする
うすれるのが　こわい
よりそった　私の　こころも
すいこもうとする

その　あなたの　匂い
ひっそり　濃い　緑のような
わたしの
あなたの　匂い

迷い

体液に溶けたはずの
私の　緑が
あなたのそれに
さそい出される

すると
決意を編みこんだ
髪は
ほぐれて
なびこうとする

匂いは……

夜の　しずくを
吸って
はなびらは
ひらいた

だが
匂いは
あなただった

別れを告げる時

約束の　いたみが

プライドのほほえみに
いやされると
薄い　こころは
言葉に
冷やされた

一人になると

ことばの香りがうすれた
夕やみに佇《た》つと

瞳は
記憶を
吸いあげて
こぼしはじめる

愛を感じる時

こもり飽きた
ふたつのイマジネーションは
ことばの
柵を　ぬけ
甘い　夜気の
彷徨で

ひとつになった

ある自嘲

みまっていた

熱い風が……
そよぎだすと
人は　影になり

やがて
こころを飾る
ひとつぶに
紛れこむ

会ったあと

誘いかける　記憶に
熱くなろうとする
期待を

風は
漂ったまま
なだめている

疑い

瞳の　打擲を
凌《しの》ごうと……

たわむれていた
約束は
うすやみを　まとって
微笑した

ささえ

いつも
はぐれると……

銀のスプーンに
ひろわれて
こころは
淡《うす》く　輝く

コンプレックス

木もれ陽に
酔う

葉を　ぬけて
葉脈は
うすやみのしとねに
匂いはじめる

ジェラシー

たぐると
響《ひび》きは
絶え……

こぼれかけた
心は
冷えて
燃えた

惰性

あふれた
緑に　ひたりながら
ふたつの　五官は
眠っていた

いつも

いつも
ふりそそいでは
つぼみが
緩《ゆる》むと
イマジネーションは
失望で
はなびらを
冷やす

ひとつの終焉

あの　銀色の
水滴は
ほどけて
葉に
吸われていった
呻吟だけが
知っている……

ある夜

ある夜
空の藍は
暖かく　おりてきて
あなたと
ひとつになり
私の　こころに
こぼれはじめた

不安の芽ばえ

ぬくもりにはなされて
羽は
ひとゆれの
風を通り
うすい翳《かげ》になった

二つの愛

あふれながら
いのちは……
ふたつの　しずくとなって
瞳の湖を
さまよっている

焦れ

あの
匂いの　抱擁を
風にとけて
私は　待っている

詩への不安

やすらぎを纏うと
ことばは
香りを
ひそめようとする

誤解

それは
ぬすまれて
あなたに
沁み入り
そして
ほほえみを
溶かしてしまった

あきらめ

いつも……
煌きを

空に吸われ
瞳は　無為に
うずくまる

矛盾

風をしらない
はなびらが
陽光と
私語を交している

幻滅の予感

しおりを
訪ねれば
ページは
濁りはじめる

焦燥

華《はな》やかなベールの
いたわりに
ねむっても

髪は
そよいでいる

平和の錯覚

泉に洗われた
青い枝が
懐しい　愛撫に
萎えてゆく

弱きもの

枝々に
あこがれを
しのばせながら
陽光には
沐浴させてしまう……

不安

香りに
ふくらみながら
繁《しげ》みは
青空に
月を　探る

ジレンマ

その
愛撫に
怖じている
はなびら……
凪いでしまうと
散らばりたがる

動揺

ある日……
輝きは
交わって
白濁する

ある時

秘密に　焦《こが》れた
視線が
つらぬく……
月の青金

空

そうして……

おののきも
溶かされる

今もまた

飢えている
意識の　邂逅に
明日の実りを
与えてしまう

ロマン

期待に
匂いあう

はなびらは
彷徨する
笑みの
囚虜となる

ひととき

視線を
脱いで
水の中でまどろむ

怖れ

それが

溶けて
吸われてしまう日

傷心

しずくは
かすんでいた
それに
吸われようとして
熱くなる

記憶

しとねは
襞《ひだ》のみどりを

萌えたたせ
けむる　いのちを
つつみこむ

和解

熱い　眼差しが
触れ
とかれ

それは
寄り添う
かげとなった

新しい期待

あの響《ひびき》に
招かれると

こころは
ささやきに
あたためられる

ささやかな充実

確かな波が
慕い寄っては

こころの
はなびらに
とけてゆく

指輪

たたえられた
未来が

愛を
まとうたび
あふれてくる

二人の未来

あの
オリオン座から
舞い下りてくるのを

ふたりは
小鳥になって
みつめている

あとがき

詩にひかれ、詩を怖れている私は、いつも不思議な不安を、与えられている。ひとつの数行が、私なりの拙い詩としてあふれる時、満足感はなく、思いきってそれをつき離さなくては、いつまでもつきまとう。離してみれば、その香りやひびきが、すべて不十分のように思われる。

惜しみながら、私は自分の限界にひやりとする。しばらくは眼をとじ、あきらめで暖をとる。私も詩もそのうちに眠ってしまう。

あるいはまた、そのまま詩が私を置いて、もう二度ともどってこないような気がする。今あふれたのが最後ではないかと思う。私は詩人ではないとして愛想をつかし、本当の詩人を求めて、去ってしまったのではないかしらと……何より初めから詩は、私になかったのかもしれないとも。
詩はたえず私にとって、こんなふうに不安である。

四年前「芦笛」に入会した私は、清水ちとせ先生を知ることができた。その驚く程の若く鋭い感覚で、暖かく御指導いただき、先生にひかれ、詩にひかれるようになった。歌を与謝野晶子に、詩を西条八十に師事されたという先生はまた、自身の個性を貫き、それゆえ私達の個性をも、尊重して下さっている。

数行で匂わせ、象徴的でありたいというのが、先生の添削を受けているうちに、私の詩作の態度となってきたようだ。ちとせ先生は私の詩における、また人生における師である。

結婚する時には、詩集を出したいと希っていた。親しい方々に自分の詩集を読んでいただくことは、私の夢であった。その夢を願い出ると、実に快く賛成して下さり、お忙しい日々にもかかわらず、先生はすべてをやって下さった。何十年も歌に生きられ、多くの本を手がけてこられた先生なので、素人の私はただおまかせし、お世話いただいた。

本当に心から感謝でいっぱいである。
結婚のよい記念になることも、この上ないしあわせである。

１９６９年　春

木村正子

詩集『**別れの絵本**』（一九七九年）全篇

I

プチフール
――一歳になった史郎へ

ひとつ　になっても安心できない
　ひとつはふたつよりちいさいから

燃える胎盤をよじらせ
暗く狭い産道の襞を　喘ぎあえぎ
つぶされながらも切り裂き
午後三時の陽光に白い胎脂をすべらせ
ぴしゃぴしゃぶたれて
血まみれの声を貫いた
あやういおまえを
つまみたいほどまろやかにしたのはわたし

あふれるいのちそのものの母乳《ちち》を
沈みこむ真夜中にも吸いきったのは
　おまえ

まんま　ママ　ママン
そうよ　おまえはプチフール
時には冷たい銀のお皿に忘れても
坊やのママンは
　プチフールのおまえを
　　すっかり食べてしまうまで
そう
ふたつ　になっても安心できない
みっつ　になっても安心できない

おめざ

おはよう坊や
　ここにおはいり

むかしあこがれたおめざみたいに
おまえとのものがたりを
ふとんのなかで
けさもたべよう

ひとぉつ　ふたぁつ
まあるくはじけて
乱反射する　過去形のものがたり
　抱いても抱いても
　　逃げてゆく…　まってあかちゃん

そうよ　そうそう　そうなんだから
おまえはわたしのたからもの
くちあたりのいいメルヘン
すこしあまくち
それでついつい　ね

みっつは　いんぐの進行形
だあいすき　のリフレーン
あったかいうちにはんぶんこ

あっ　ちょっとひとくち
　プーさんのはちみつもらいますよ

わたしはカンガで
　おまえはルー坊
まいんちふえてくメモワール
それがほんとにおかしくって

いまももちろんたからもの

さあさあ
食べおわったらくちふいて
おなかのふくろに
もうおはいり

かさね着

おまえたちのママン
　おひるまでのわたし　を脱いで
　　声も透ける
　ローンのうすものに

ひるさがりはまどろむような
　　　ひかりのふるまい

ひとふさの髪をとかせば
あれから眠っていた
夜のことばたちが
うすもののしたから
小文字のやわらかさで
　匂いはじめる

そうなの　あの　すめる
に　さそわれる　わーず
を　たしかめあう　にーど
に　こたえてしまう　まいりっぷ
しなやかなその　あーむず
に　かてない　おーるうえいず

表わせないかしら　いま

もあ　びゅーてぃふる　愛を
　表わせないかしら……ね
でもありがとう　ゆめのよう
ほんとにやさしい　きょうのおひさま

なのに風は
わたしをわすれない
　ななめにゆっくり冷えてくる
　　ひるさがり
もうかるいローンではこころもとなくって

あらうたびに
おまえたちへの愛いろがなじむ
　フリルのない夕方を
ごく　しぜんに
　かさね着する

まるい朝

風のきらめきにもゆれずに

史郎が
まあるく　えほんみている
夕子が
まあるく　おり紙してる

こんな朝は
にごったことばなど　たべず
わたしだって
まあるく　想っていたい

みかづきさま

ごめんね坊や
おつきさまはひとつしかないの

満月と三日月さまが
　ならんで笑う
　　おまえの絵

星はあんなにあるのにねえ

　バナナってみかづきさまみたい……
大発見がうれしくて
かざしたみかづきさまをたべる
まんげつのようなおまえ

お祈り

　これからまいにちおいのりしようね
朝の食卓にならんで
七才と五才が相談

そして　あわせたちびちびの指先を
まるいあごに埋め
　閉じた眸のふくらみに
　　朝陽のはげましをうけ
いま　おいのりした

かみさま
おかあちゃまを
おばあさんにしないでください

死なせないでください
おねがいします

そうだったの　ありがとう
だいじょうぶ　死なないよ
たからものをのこして逝けないもの
だから
なるべくゆうっくり　おばあさんになろうね

それに
ふたりのおいのりをおまもりにすれば
もう死なないさ　きっと

心配

ぼくはじごくにおとされる

うそついたし
　わるいことしたから

五才になったばかりのおまえは
瞳をふかめて心配する

どうしよう
ほんとにどうしよう
そのことおもうと　きもちが痛いんだ
だけど　だけど
かみさまにあやまれば
だいじょぶかもしれない

痛い気持をさすりながら
空につづくガラス戸に立って行き
　掌を合わせ　小鳥のように
ぴこんとおじぎした

神さま

だけど
おまえたちのかみさまは
　どこに？

こころとあたまのなかに
いらっしゃるの
娘は胸に掌をあてたしかめる

ぼくのは空だよ
　天だよ
サンタさんがいるところ
クリスマスがちかいおまえは
そう　はじける

なあるほど
ブリッグスのあの
さむがりやのサンタと
いっしょんとこのかみさまなら
うん
まちがいないわ

ことば

病みあがりの午後
ひとりで子豚ごっこをしてた
　おまえが

ぼくは　こぶたなの
コブタよりもっとかわいいんだよ

そう言って　まるくなった
なるほどねえ

おちびのおまえが
　可愛いくて　かわいくって
つい　おちょび　って
呼んでしまうのと
　おんなじだわ

かえりみち

たんぽぽ摘んで
風がひかるかえりみち

いま　おまえは
アポロンにも許された
聖なる　小便小僧

そのまま
　坊や　そのまま

おさそい

みいつけた

　かくれんぼを忘れ
　　季節に透けてる
　　　蚊のおばあさん

はらはらふるえるうすいあなたには
坊やの血だって　もう重そう

いかがでしょう
わたしたちがいつもあそんでるお菓子の国に
この子はよくこぼすのです……それを
　夏の夜の　ほんのお礼に

　あら
ぱちん　てやりませんから
　ねっ？

お礼

おせわさまでした

氷まくらをとりかえると
　高熱にもえるおまえが

　　メゾソプラノでそう礼を言う

ふとん半分だけの
ちびすけがまあ
　こうだもの

どういたしまして
おだいじに

熱よ　熱よ　とんでいけえ
いつものソプラノもどってこい

ぼくのおヨメ

ぼくのおヨメは三人なの
ゆみちゃんにめぐみちゃん

あと　オのつくひとだけど
　だぁれだ？

ななめにかまえて聞いてくる

オのつくひとねぇ　ええとええとっ
わかったぁ　おおのまゆみちゃん
　おまつりの日に会った子でしょ

えん　そう

みんな　み　がつくなまえじゃない？
いいな　すごいね
おなじきりんぐみに
　三人もおヨメさんがいるなんて

身長一メートル五センチで

だんだんふえてく
　おまえのおヨメ

病気の週末

ああ　いい土曜日だった
　おかあちゃまありがとう

苺がひかる
プリンアラモードだけで
かくもいじらしいことを言う

こんなとき
おまえの病状はほんとに要注意
　まだ四十度ちかい体温計

つまんない日曜日だわい
　起きちゃいけないなんて

おや　今朝は憎まれ口
語尾もゆれず
聞えよがしにリフレーン

どれどれおでこをあててみよ
　やっぱり微熱になってきた
ありがたいこともすこしだ
これでお得意の　あっかんべが出れば
　きっと平熱　ばんばんざい

泰西名画

ぼくはおっきくなりたくないや
　ちっさいままでいたいんだい
あまえてすっぽりはいってきた

いまのまんまでいられたら
　ほんとに　そう
泰西名画の雰囲気で
　すてきにいいんですけどね

セドリックとそのおかあさま
　なぁんてどうでしょうかしら

せっかくまるくなったのに
　ものの五分もしないうち
　　おまえはもう
　　　わたしのそとにはじけてしまう

あまえを食べて
　安心したんだね

でも　まあ　いつでもおいで
　大歓迎
せいぜい母子像を気取りましょ

仔猫が二匹

いやだねえ　坊や

安達太良おろしは
夏はレモンでも
冬はデモンのよう
ほんとに季節は

　よっつもあったかしら
レオ・レオニにききたいくらい

あっ　みてごらん
そのはるかな智恵子の山に耳を立て
この寒いのに
モペットちゃんはすまし顔
いつものように雪のキャベツ畑で
　用を足してます

白き処女地に梅の花
ビアトリクス・ポターも顔まけの
　エレガンス
どうぞごゆっくり

おいでモペット
　ミトンもお入り

こんな　きょう　が
百回めくられると
二匹にはじめての春が来て
さて
坊やも入学です

バーネットファン

媚びないつくりは岩波少年文庫の小公子
その冒頭の数ページ分を
入浴中ずっと　幼い裸身で
　暗誦してみせる　おまえ

母娘の湯舟は　いま
　バーネット色だ

気に入ったんだね
　セドリックが

この感想文で賞状を貰い
小説家になりたい　なんて
大それた夢にふくらんだものさ
　二十年前は

その　わたしの娘が
もう　バーネットファンですか

別れ

さよなら坊や
体中どこにも鋭角の無いおまえ

さ行とた行が親しいおまえが
それでも幼児を脱ごうと
少年の国の扉に触れている

わたしという
カンガ母さんのふくろに
すっぽりおさまっていた
　ルー坊のおまえ
草原を
いっしょにはねて　あそんだね

おまえを
ロレンスのポールにしたくないと
つよいわたしが
草原へ放つ
おろかなわたしが
またおなかへ抱き入れる

　たからものよとささやいて
でも
さよなら　坊や
もう　おまえには小さすぎるわ
　わたしのふくろ
おまえが少年の扉をひらくとき
わたしも
ひとつの扉をひらきはじめる

Ⅱ

このままじゃだめになる

このままじゃだめになる
　栄養失調でだめになる

朝から言い続け　とうとう
昏《くら》くなって

おまえの母乳《ちち》をくれないか……

もつれることばで
閉じない　白濁した眸で　そう
たのむのだ　父が

娘に

かたちあるもの　は負えなくなり
まもなく　呼吸もがんに　食われてしまう
あなたのため

搾らずにいられない右の乳を
あ　ま　く　て　おいしいとよろこぶから
しぼらずにいられない左の乳だった

吸いおえるとすぐ　ぜろぜろ　しはじめた
あの最期の信号　に埋まりながら

　このままじゃだめになる
　　よ　の　な　か　に　で　よ　う

うっとり　夢のように　説くので

もう　わかった　わたしは
ひとを呼ぶ　受話器を握ったのだった

そうして　ほんとうに　そのまま
　すこしずつ　あなたは
だめになってしまった　のだった

許してください

長生き出来そうだ…　心配いらない
　そう　書いてきた
癌に食われ　胃カメラも回らない
細くなった　黒い胃で
あと六カ月のあなたなのに
おまえに何かあったらすぐ行く
　まだ子守りぐらい出来る
遠い娘を逆に気遣って
そう　言っていた
痩《や》せ枯れて　声もさむい
あと一カ月のあなただというのに

ちょっと失敗してね…　じき退院さ
駆けつけた枕元で　渇きながら
そう　笑った
胃が破れ
水も通せない
　危篤のあなたが

それでも…
　癌だったら　おしえてくれよ
そう息子には頼んでいた

眼が白濁し　お腹はふくれ
もう骨が泣く　あなた

許してください
あなたは決して戻れない
許してください
父よ
わたしたちの　この
愛の完全犯罪を

さする

さするたびにうすくなる
あなたの未来
すでに閉じられている未来への扉を
骨の腕でさぐりながら
鍵の置き場所を何気無く
わたしたちに尋ねるのだが

胃を破ったガン細胞は
黒々と触手を拡げ
あなたの六十八年の過去を食っている

何も識らないあなたが
閉じられた扉に心を伸ばす
開いてあげられないわたしたちが
鍵の置き場所は忘れたふりをして
　さする
骨と骨の谷間に息づく
かすかな肉を
この　戻れない闇に抱かれてしまった生を

もう
さするたびにうすくなる
あなたの未来

こなになったあなた

すっかりこなになってしまったあなた
燃えつき　からからと
冷いワゴンにちらばった
これが　あなた

どうぞ　と係の人は促すが
こなのあなたを
わたしは　うまくひろえない

それでも型どおり
合掌と御辞儀の蓋をされ
あなたは静かに納った

すると
ひろい残されたあなたが
ひゅっと掃かれて
ワゴンの下へちらされた
あなたのまえにもそうして掃かれた
誰かのこなの上へ…

境遇という抗えないワゴンに乗せられて
時代に運ばれ　躙《にじ》られた
あなたの人生そのもののように

とうとう　骨まで
ひゅっ　とちらされた
こなになってしまったあなた

母

いつもあなたの日々を引き締めた
いっぽんの帯をもあきらめ
起きたばかりの風呂場で
あなたは
その　いのちを弛めてしまった
ひっそり　ふるえる体を
　吊ることによって

わたしはあなたの　白い末っ子
凍る心であなたを拒絶し
湿った梁に　帯を結ばせてしまったような
白い娘

それなのに　いま
まるまるとあたたかい
たしかな　重いいのちをふたつ
母という名で
わたしは抱いている

なぜ

もちろん
あの朝　あなたが
風呂場で縊死したのは
　死にたかったからだけど

それでもわたしたちは
　家族なので
なぜ　であなたを起こしたい

なぜ
なぜ
なぜ
ほんとうになぜ
　自死したのです

きっとあなたに無縁の
ありふれた　たくさんのなぜ　を
ふだん着の袂に重く詰め
あなたは　しっかり
縊死してしまった

あとがき

結婚する時に第一詩集を編んでから、もう十年になります。この十年は、三度の転勤、父の死、二人の子の育児と、平凡な主婦がたどる道そのものでした。ただ、どこかで詩が私のささえとなっていたような気がします。

詩を書いていて出逢った初めての詩人が、秋谷豊先生でした。その先生からお忙しい時にも拘らず、このようなお言葉を頂けましたことに心から感謝申し上げます。

この十年に書いた作品から肉親に関するものを選び、それに未発表の八篇を加え一冊と致しました。

一九七九年八月　佐藤正子

詩集『家族』（一九八六年）全篇

次兄《あに》

生きる神経がいい
次男だから
次兄はじょうずに
宙がえりしてみせる

これからも変らない立場に佇ち
日をあつめた天体の
運行に合わせ
たえず技を磨くから
疲れも寄ってこないし
かるがると巧い

ただ　体が描く円の
どうしても欠けるところに
次兄のきもちが
着地の瞬間
血っと視えて
あぶない

凧

ならんで
糸をあやつり
兄たちは競っている

空に好かれて
いかにも長男なら
風を味方に

いかにも次男だ
ちがうようで
おなじ緊張を
あがってく

絡まない
し
離れない

ずっと

きっと

シーソー

母から姉にはまっすぐ
伝わったものがあり
それはふたりを支えるいっぽんだったから
物心がつくとすぐ　端と端に
向い合ってあそびはじめた
姉が重くなると母は後ずさりし
母が軽くなると姉はにじり寄る
ふたりは天地をあそびながら
水平になる一瞬　かたちをずらし　宙に
あかるいきもち　の相似形を描く

父からわたしに流れたものが
すこしはあるから

それを頼りにせがむと
父の重みでたちまち　天に跳ねあがる
すいへいになりたいあんなふうに
きれいなかたちみせたいの
端までさがる　わたしだって
支点に寄る　父も
あ　もすこしで水平　なのに
限りがあるもの　だから　だんだん
わたしのためにに地を蹴ることばかり
に疲れた父がおりたとき　もちろん
とりのこされた　湿っ地のほうに
あかるくあかるいあかるさが　ゆめ
で　せめても言葉の相似をたのんだら
空いてしまった天の座が
斜めの視線のうえで　もう
汚れていた

長兄

高い所に置き　結局は
玉音放送を聴いたラジオに
立ったまま耳を寄せ　長兄は
体でリズムを取っている
週末の夜のヒットパレードは　このごろ
エデンの東　ではじまる
あの話はともかく
父と対立してゆく長兄は　十代の未来を
はんぶんはリズムにまかせ
家の影を曳きながら
上向きにあかるく

いま　わたしの目のまえで
はるか遠く
としごろ
らしい

富士山

続く屋根は晴れ
私を肩車する
父も　晴れている

写真のなかから家族を励ます
父方の祖父のように
富士山は遠く
西の空におちついている

どこか
おおきくなったら
かならず

その
でかける日は
まだ決ってなくても
気持は　空を
抜いている

父から降り
自力でもういちど
見ようと　おもいきり
跳ね
た

父

立ち泳ぎしながら
沖の父は手招いている

水面下のその
両脚の努力を　底へ
無意識にひっぱるのは
招かれているわたしたちだ

でも　この絵を　来年も見たい

振り返す未成年の手は
ぬれた刃物のしろさで
父の眼を　さらにふかく　起こす

夏の逆光に浮き
ゆれながら空を割る笑顔は
壮年の海では
口だけ笑う
ネガのままである

保護者

闇を走る
世界に四肢を張って
この小宇宙を
護るから
満員電車がゆれるたび
世界がこちらにかしぐ　たび
過去の重みだってある

父はきしむ
父はこらえ
進行方向を恃《たの》めば
ここまでの経過
うしろの夜に詳しく
映り

はやくおろしてあげたい
見上げる子供は
ただ
そればかり

大晦日

まだ普段着で
この急坂を
そろって
駅前の通りへ
さいごの買物に
おりてゆく

どこかちがう風が
上着をめくり
セーターを刺すが
あしたはあたらしいのを
みんな着ることだし
編んだ母が
仕立てた母が
あかいその手で
坂の中途で
もうこれまで
ときっぱりはらえば
ここまできてまだ

あるきつつ算段してた父も
気づいて　つよく
前に出るから
風はさがる
家族はもっと
ひとつになる

元旦

朝
正しい桟にささえられ
しろくはりつめた障子紙に
泳ぐ繊維が
よりしろく
立ちはじめ　すべて
あたらしいことは
ここからはじまる
ような

これから家族でかわす
あのまぶしい挨拶
のことをおもいながら
いまがいちばん編み目がはっきりしている
セーターを被《かぶ》ると
満十三歳の胸に
母の模様が
起きてくる

百人一首

この時代にしては明かるく
ひらがな　は咲いている

五十音の
百の模様が
畳に散っていて

むすめふさほせ　は
目立っている

まだあたらしいこえで
さあ
上の句から
父はゆっくりおりてくる

正座した家族の
目が走り
手が冴え
息がぶつかり
記憶がひかる

むかしのひとのきもちが
お正月の腰の脇にひきとられ
あとらんだむにかさなってく

姉

姉は陽を浴びて
陽になり　わたしから
午後のように遠ざかる

まぶしいあそびは
姉にひかれて
ほそくなる

追おうとしてわたしに

ひきとめられた　わたしは
わたしいっぱいに
ちらばってしまう

いましがたまで
ことばをあそんでいた
ひろい時間が
母の気体になって
昏くなりかけたわたしを
なだめるためだろう
斜めにあつまりはじめ
それなら　と従ったわたしが
夕方にまとまりかけたところで
姉はあかるくあたたかく
あかい団欒のかたちで
戻ってくる

母

女《め》時《どき》を耐える父
に耐えている母は
つとめて南を開け
よそのぶんまで
陽をとりこんでいる

あかるくしている父に
あかるく応えようと
北をすぼめ
陽からことばを
えらんでいる

ときどき　うしろ姿に

母のゆめ　がまとわりつき
汚れが目立つ土台を
しゃがんで拭く身体が
ふっと
浮いてしまう

見取図

いちまいの見取図のうえに
ならんでしゃがむ

いま居るところ冷えるけど
おまえの部屋はここ　南向きなの
あがってごらん
総二階で広いから

母のゆめはくまなく図面を廻り
吹き抜けのうえ　浮いてる浮いてる
個室のひとつ
さくらの木彫りのドアを引き
計画を映す大きな窓に寄り
四角い空を見上げたら

とてもがまんできない
わたしたちのうちが
ついに建つ

思いどおり
ほんとうに　思いどおり
母のよろこびは
図面の窓ガラスにぶつかり
部屋中に乱反射する

きのにおい
かみのにおい
いぐさのにおい

指でなぞったそんなよろこびもあつめ
もういちど計画をたしかめてから
ひろげた見取図にじぶんたちを
きちんと包《くる》んでしまうと
けっして醒めないよう
いっしょに眼をつむった

神

信仰を持たない家に育ったから
神について語ることはなかった

神よおゆるしください
と十字を切ってから
縊死しようとしたのは
洋画のなかの男

神をもたないわたしの母は
そのとき　どうしただろう

信仰を持たない家に育ったが
その遺体の前で父から
そうと聞かされたとき
神さま　が口から心にまっすぐ
おちてきたのだった

空

けむりもけむり
おかあさん　を遺骨にしてる
うすむらさきのけむり

つんとつっぱった
冬の空を
ちょっと汚して　でも
吸われてゆく

ゆびをそろえ
これっきり　と
はりつめてみてるのに
じき　負けてしまう

母のけむりに　じゃなくて
くろくおちた眼を
まっさおにたかくひっぱる
ふかい　この
半球のほうに

帰宅

型どおり
遺骨になって
あなたがかえってくると
まもなく

家中に東京弁がはじけ
血縁たちの箸は　もう

それぞれ　上手に
蛋白質を
えらんでいる

そこの箪笥の
上から二段目に　まだ
あなたの普段着が
息をひそめ
かさなってるはずだ

ツィゴイネルワイゼン

母を喪って
ひろすぎる夜
次兄の部屋が
ふるえてる

訪ねると
もっとふるえ
尋ねると
ツィゴイネルワイゼン　だった

思春期

ひとりの午後
家系の外れからやって来た
一度しか読めない　熟した
りんごの物語
貪ると
本筋からこぼれた
きつい形容が
出払っている家族の
真面目な態度を

わらいながら
汚してゆく

そのことで　自分はもっと
汚れたはずなのに
姿かたちは
なにかとてもこう
きれいになってくる

部屋

この立方体は
無理を押して貰ったから
それだけにうしろめたい思春期の
夜の眼のなかでこそ
大胆に展開し

明かるい家族時間との
時差に疲れた
自分時間が
本来に戻り
黙って蔵ってある
自立の青写真に
手を入れ　仕上げてゆく
所

顔

うちはみんなばらばらの顔
だとおもってた

それ
それが
きょうだいみんなして

こんやは人工衛星でもみつけようと
庭先に
そしたら

捜す眼　の彫られ様が
まるでおなじ

いちばんにみつけたい　眼が
数だけならんで
それなりに
星座なの　ね

叔父

ここはみんなして
ひきとめなくちゃ

食パンいちまいがちょうどの胃
そのため未消化の自我
葉脈がたちに浮く背骨
そのためぐらつく余生

だのに
零下からここまでの経過
訊くひとにわらいながら
ひろげてみせ
きょういっしょにふくらんだ
白いパンの春のいい午後
冬のほうに
腰を上げようとする

せっかく引き揚げてきたばかり
ひきとめなくちゃつよく

戻っちゃだめ
シベリアの捕虜収容所には
まだ

もう

毒薬

もうじきおひる
二匹の小猿になって
いつものように買いに行く
日曜日の紅茶のための
牛の乳
身軽な次兄に

ただ　従いてゆく
もっとゆっくりあるいてよ

戦後のほそい道
暑く寒い空
くっきりと父性
ゆったりと母性
みんないっしょ
きょうだいなかよく
もっとゆたかに
あしたこそ

子猿の腕のなかで
草のゆめ色させて
なまなまと　乳が
そうはいかない　とばかり

毒薬のやさしさで
おどりはじめている

ことば

だんらんの上
あかりの下
宙吊りになってる
次兄の　ことば

じゃ　なんで
反対しなかったんだ
そんな戦争に

じゃ　なんで
が尖ってて
父をとっくに刺している
おもったより深い傷口からは
兵隊の
庶民の
生い立ちの
苦労

出ちゃったもの
戻せないし

団欒にながれた
父の血が
みんな
さみしい

花火

見渡す限り木造平屋建の夜
たえがたきをたえ
しのびがたきをしのび
すると急に来た
父たちの自由
母たちの権利
動物たちの平和
そしてこの
花火

高台の住宅地でひくく暮す家族を
多摩川の河原を発ち
空を舞台に励ますから
まだ父も若い
まだ母も明るいから
まだ一緒の家族の眸が
菊に咲いたとたん散る
所詮届かぬこの華を
すなおに
おおきく
よろこぶ
見渡す限り木造平屋建の夜
まだ
とても貧しい

父母

あの日
風に押され　母は

早まったけれど
その日
潮が引き　父は
思いとどまったけれど
結局は海へ行く
この流れに
いかにも
らしく
棲んでいた

時代っていつも
眸にいっぱいの両岸の景色
択べないまま
ながされるだけでいっぱいの
ふりかえるのもつらい
ふりかえればなつかしい
だからこそ

父母が正し
正されもした
あのまぶしい点描法の
家族の絵
海まで行って浮かぶのは　もう　ただ
あかるいこころ
その一点が
いまながれつつある
時代のわたしを
線になって
正す

あとがき

私が通った小学校の校庭の石碑には、「明かるい心」と刻まれていた。これは私の育った家庭のモットーでもあった。

終戦の年に生まれたので、私の記憶にある家庭とは戦後の家族ということになる。

その頃の多くの庶民の家族は健気だったと思う。庶民そのものの私の家が、だからケナゲであったとはいわないが、それにしてもいろいろのことがあった。それらをなだめ、味方につけもし、これからという時に（あかるいこころ）の代表だった母が自死した。明かるい家庭の初めての挫折であった。

見渡す限り木造平屋建の東京の住宅地だったからか自然よりは人間に興味があり、幼い頃から絶えず他者との距離を測っていたような気がする。そして家族こそ私の最も身近な他者であった。

だから既に（昔の家族）ではあっても私は書かずにいられなかったのかもしれない。

一九八六年八月

佐藤正子

詩集『人間関係』（一九九四年）全篇

イノセント

為るたびに
ぴったりくる
いいと思う

合うのか
合わせるようになったのか
良さも解って
むしろ素朴な格好で
おつかいに行くように
慣れてゆく
一線を超えることに

とりあえず死ぬわけじゃなし
冷静に見上げればこの雲もまた
四季のひとつ
七十五日なんてすぐ
直におさまる
ジキ　と頷けば
いい人　から降りてしまえば
雲を躱して
かるがると
月は昇る
ちょっと明るくなる

価値観は相似だし
深呼吸したら元気もでて
しみじみ今夜も二人して
月の下　まるまると
無罪である

もあ

つうんとこらえてたぐればやはり
やはりその匂い　なつかしいあの
素肌にだってとてもなれてたはず
なのに　まだわからないとこがあって
疲れたわ　すこしさきをあるいてほしい
よく晴れてるのに気が滅入るこんな日は
だけどふしぎなものだね
と　まるくふりかえるのがきっかけで
やわらぎ　ちかづくすずしい瞳はそうだった
ながくあこがれだったから　まよいながらも
どこにする　いつものはやさで訊かれれば
あそこ　と視線はつながり　いちどならず
ならんでしまえばもう　ひとつの言葉　その
二重母音のよわい母音のほうだから　わたし
いまもこわいくらい　惹かれてる
ほら　こんなにきらっと　せっかくの季節
たいせつにたいせつにしたいあのころのゆめ
そのためにも　なにかあたらしく綴りたい
そうよね二重母音ならせめて　もあ　とかを

遠い仕事

排卵期こそしたくなり
種の保存を
おもう

そこにいまは
球形の言動を生むあの古典的な
愛さえ　あって

お辞儀してしまう
先人たちの物語に

ちがう姓の
ちがう性って
北に向っても
南へ引き返しても
極点を目指す遠い仕事
だから

観覧車

絆も期待も
定員分ちょうど
笑顔と一緒に浮いていて
そのひとつの箱のなか

異性なのにあなたは
母のようだ
背中の不安が軽くなる

そのままあがって
おりた

時計回りに
空《くう》に　円　を描いたのに
身体は直線を描いた
交わらないけどいちばん透き間のない
平行線をゆっくりと

とりあえず今は

友情

海に向い　並んでひらいた
わたしたちのちょうどいまのきもち
せっかくのこの機会
そこからが空　の青い境目にそれを
放って
距離と位置に馴染んでいった

満開の夏の午後の斜面に現われてくる
ふたつの前半生
幾春秋あったと頷き合い
似てもいる違ってもいるそれを
ここからが海　の一線に放ち
浄化を恃みもした

真北を指した短針に促され
どちらともなく持ち出した
あしたの予定
　無垢な絵を訪ねる……
そのうれしさを
おなじ処で抱えたとき
満ちてきた

憧れはするがなかなかに在り難い
その定義は恋愛ほどに曖昧
多くは錯覚だった
それが

もう視えないあの一線を超え
短い夜を急ぎ
満ちて

きた
わたしたちをいっしょにひたす
ために
ここまで

焦点距離

そちらの電車が入ってきた
別れの握手をしたかったのに
言葉だけが出た

身体に気をつけて

意志と意志は
石と石

散らした火花は
今後を照らす灯りの
点火に役立った

だけでなく
書けば読み
読めば書き
逃さず　見張り合ってきた

それに水を差す
それを水に流す
それは友情の無駄遣い

この先も
地位でなく
仕事の高さに
胸のうちで嫉妬する

でも頭から認めてる

だから
身体に気をつけて

姿勢を正し
焦点を合わせ
ちょうど記念写真の距離
ここで

見送る

スマイル高原

紆余曲折いろいろあって
ゆるやかに登ってきて

それでも間に合った
高原の秋に

ちょうど今から
小さな強い太陽は
大きな弱い夕陽に
ちょうど今からすべて
鋭角も鈍角に
きのうまでのことだけでなく
あしたのうれしさも
あさってのさみしさも
理屈で割り切れなくなるだろう

もう　その言葉どおり落ちてゆく　日没
寸前に押される
シャッターの前で
ここまでの道のりを思い

冬の手前
夜の手前
そう
秋の夕暮れ
いま　にふさわしく
スマイルする
わたしに焦点を絞ってくれた
感謝をこめて

息子

現在《いま》　は
いつも肩巾だけで知らせつつ
異性の親には言えなかったことを
身長分積んで
成年への階段を

ひとり
昇ってゆく

一段ごとに
この世への疑問符をひとつ
落しながら

娘

朝ごとに
家と対極にある
そこへ向うべく
ハードルを越え
遠ざかってゆく

地を離れる瞬間

相似形の背に
意志が
光る

陽の恵みは
……歳の個の高さまで

おおきくなった

一瞬のよろこびを宙に預け
目的に向う人の速さで
たちまち点になってゆく

行ってらっしゃい

そう
ここで見ている

産んだ者は

星座

暮れてくるゆめからたちあがり
かぞえきれないわたしたち
絵のように　みんな
空に収まらなくては

きまりで離れはした
けれど
ゆめののこりで　まだ
たがいにときめいて
けれど
みあげる　ひとの眸に
それと映ってしまえば

すずしく見返し
応えなくては

あの子のために
さえざえあおく
この子のためにも
やさしくあかく
まよったときはわたしをさがして
と　いっとうあかるくひかっていいたい

うちとけにくいたくさんの
こころとことばを汲むのだから
ひしゃくの柄は　どうぞゆたかに
底は　どうかふかぶかと

なにより迎えたいのが
神話を読んではじめての夜を

大草原で見つめる娘たち
ひろびろと　ここまで草の匂い
月の海にのびる
思春期のあおいきもち
そこから逸れてゆれる
まけないくらいゆめごこちの
らせんの視線をうけとめるため
浮かぶ三角形はできるだけおおきく
みっつの役をささえてつよく
ひっぱりあっていいたい

三人称

パーティーでは弟
三人では

恋人扱い
彼女は
彼を

受身の彼の声の高さが
壁の高さ

二人のときの低い性のサインは
届かない
届けようとも思わない

堅固に浮いた三角形など認めたくなくって
その一点から
私語の線で
総括する

彼の黄金分割に過ぎない……このバランスは
その都度
でも
三人称を徹《とお》す
が　生身はここから

降りない

理由

正面十二時にいるあなたを
ここで躱すのは
これ以上その固有名詞を
聞きたくないからだ
わたしの天敵を讃える人を
見たくないからだ

二時の方角で
相手だけに酔いながら
サイレント映画をしている懐しいカップル
口は控えるけど
耳と目は　しばらく
そこに行かせる

あなたが気づいてくれるまで

半返し

疑ったときは
そうだったし
疑わなかったときも

そうだった

どちらも痛かった
とはいえ
受けた傷の半分ほど
無意識に
快気祝のごとく
お返ししていた

立ち直る
その時には

有限会社

焦って
演歌の女を演ってしまったら

降格人事に遭う

弱気になって
甘えのその利益をも計上すれば
粉飾決算になるだろう

気をつけないと
涙は
辞表にまで

プライドだけで
創立した
この有限会社においては

進路変更願い

手を伸ばしている私を
見ながら
あなたは
舞台に
別の人を引っ張り上げようとしている

あんなに重いひとのために
そんなにも苦労して

私も
あなたを見ながら
他の人の努力に
引き上げられて

いいですか？

お知らせ

すぐそこの
ちょっとした幸福に行ってさえ
じきに
不幸な女を捜しはじめるから
気が気でない

幸福へ出かけていて留守
それがそんなにもさみしい
あなたは
ならば

きょうは逆で
しかも
あなたの行先は
無認可の幸福だ

国中の
不幸な男に
やさしくしちゃう　ぞ

電話

澄んだ空が
きょうこそ抱かんばかりに
招んでいるのに

さよならも言えぬまま

短針六十度分
交信し続けても
互いの暗号は
解けないまま

ライバル
だけど
親友じゃない
から

仲良し

受話器の向こうで
わたしの不幸を悲しむ
やわらかい女友達が
わたしの幸せを喜んではくれない
けれど
ナカヨシ

気持の距離は
市外で
夜間割引ナシの地帯
ほど

他者

　できるだけ近くで詳しく
最大倍率で招び寄せた
あなたの映像こそが　言う

できるだけ離れ　目をほそめるように

月や星とおなじでした

懲りて放せば
それは即座に
彼我の距離　を選ぶ

今が

曇ってくるとすぐ
そこに行くあなたが
いやだ

だからと
ここへ来るわたしも
いけない

押したらどちらが
自信を持って出てくるだろう
洗練と
逃避と

泥も涙も御免の
雨天順延の仲

だからと……

そことこことで
互いの異性の友人の
その上半身だけで癒してもらっている
今が
清潔そうで

いちばん愛に遠い

階段

五段も上を行く
好きな姿に追いつくには

これは鍵盤

そろえた指が抱くような
素直な和音になり
たったの一拍で駈け上り
かさなってしまえばいい

窓

歩く早さで過ぎる
ガラスの仕事
認めることで
招ばれている

透明ならば
中を渡すついでに
ネガの遠さで外を象り
不透明なら
開いているときだけ
家の日付を撮らせている

こちらの視線の入口は

あちらの出口

その矩形の下で
白い花の名まえをもらうこともあるのに
額縁の奥で彼女は
自画像を仕上げるのに夢中
（拭き掃除する二児の母）
いまは具象でも
いつか抽象になるような

こうして
そうして
駅までがギャラリー

歩くうちに分かってくる
こういう背景も
そういう事情も

詩集『同い年』（二〇〇七年）全篇

憲法

知らなくても
護られている

わたしはこう思う
　と言ったり
わたしはそう思わない
　と書いたりできる

以前は信じていた
今は信じていない
こんな可愛気のない変容はもちろん
自分の頭で考えること
自分の方法で表すこと
すべて許されている

知れば
護りたくなる

手に余るものはなく
親切で行き届いている

《義務》には頷けるし
《権利》にも馴染んでいる

分け入るほどに
啓かれてゆく

護られていたのだ

だから
護らなくては

〈愚行権〉

善行を積むには
善良さが足りなくて
悪行を重ねるには
覚悟が足りなくて
研鑽を積むには
知的持久力が足りなくて
売るほどあるのは
愚系の瞬発力

分かりやすい威張り屋だ
野にも山にも
広く高く認められたい……
その一心で
哀行ともいうべき
愚行を重ねている
デジタルの容量を超えた分は消えても
ひとのメモリーに
すべて残っている

嗤われるのも無理はない
ああはなりたくない　と思われている

誰かが言ってた〈愚行権〉
見事に
行使して　きて　しまった

それでも赦されて
ここにいられるのは
先生や親友や家族
そして時代のお陰
それは
〈基本的人権〉のお陰でもある
憲法という豊かな酸素の森に
護られてある
〈愚行権〉も
じつは

先生

来る者は拒まず
去る者は追わず
ちゃっかり者も
うっかり者も
可愛がって
道を教え
機会を与え
弟子の知らないところで頭を下げ
ていねいにお願いして
現在を整え未来を手配しても
当然のように
超特急で発ってしまう
置いてかれるのはいつものことながら
行った先で叱ったことを恨まれたりもする
傍目には〈夢に向う若い人〉の
計算機内蔵野心家ほど
センセイを頻発する

分かっていても寛容だから
結局絆されてしまう

立場も使命も心得ている
何度か呑み込んできたその言葉
「恩知らず」

報われること少くて……

お淋しいでしょう先生
ほんとうにお淋しかったでしょうね

記憶

昨日の場面が
何年か前のそれと
目を合わせようとしない

どちらも
定点での　同じ一対一のやりとり
なのに
よそよそしい

この斥力の主因は
わたしの歳月

平気ではないけど
認めざるを得ない

傍目にも鮮明な
太い　情の矢印を
迷わず向けてきた先
そこで覚えた

〈あのひとについての記憶〉
だったとしても

ニュース

雨が行ったあと
夜の入口は
家の出口にいた

いつものバイクが止り
いつもの彼が
夕刊を手渡しながら

「もう見ました？」

——何か事件でも？

ここから先は
広く知らせたい目に
連れられて
東の空へ……

夕日がスクープした
浮く　大きな
弓

淡い七色のカラー見出しだった
そこの
ニュースは

影

必要品を持って出るため
部屋に入れば
シーツに
上半身の
大きな
影

ついさっき急に入院した息子の
高熱の苦汁が
描いた……

生身はやせているのに
影はこんなに太ってる

引っ張って測る巻き尺の先端を
放してしまったように
〈二十四歳〉が
きゅっと
縮んだ
ゼロになった

早く　戻っておいで
ここに

――自分のベッドで朝まで眠る――
ただそれだけでいい

影は洗っとく

必ず必ず

戻っておいで

〈成田敦さん〉

十年後
知人になっている
たいがいの友人は

興味が失せたり
嫉妬が過ぎたり……で

仲間だったのに
名前は残っているのに
肖像の輪郭は
曖昧になってくる

二十年間ずっと
〈友人の成田敦さん〉でいてくれた
あなたはちがう

目の色を変えることなく
浮き足立つことなく
いつ見ても安心できる
水彩の具象のまま

「今は亡き」を付けた
この先も

切手

あの絵
あの花

あの景色
修学旅行で観た
あの国宝

そして
誰もが知ってる偉人や人気者

それと
こんなに珍しい生き物が……知らなかった！

どれもお馴染みのサイズに縮小され
収まっている

ひとひらの薄い
最小の
パスポート

世界中どこへでも……

試着

迷いながら
カーテンを開け
ポーズを決めて
訊くと

似合う
　と言い

もう似合わない
　と思っている

試着しては買ったうれしさ

貯ってる
わたしの部屋にも
あなたの目にも
……年分

言えないひとの代りに
鏡が
教えてくれる
引き止めてくれる

アバウトホルモン

何事も
せっかくの〈結果ジュース〉を
薄めてばかり

最初の計画は甘すぎた
最後の詰めが甘かった

また泣いてる

感情を仕切るのは
残部僅少のあのホルモン

女は女らしく!?

訳あって
あとは　日にちぐすりが頼り

いづれ
何事にもアバウトな
新支配人が着任
カレンダーに仕組まれた

その暗証番号に気づくだろう

平らかな
「この先」を
引き出すための

近視

前から来る
ショートカットの
細いひと

どこかで見たような

早足なのに
風の切り方が

頼りない

その歩き方
誰かに似てる

肩よりも狭い
ジーンズの腰
女じゃない
けど
若いひとらしい

あっ

わたしを呼ぶ
息子の声

まさに

そこから

乱視

お月さま……
私の目の先で
〈三日月〉の
あなたは
新種の菊一輪
その横顔
してました

蜜月

この先は通さない　と
まっすぐ立てば
怯むだろうかあなたも

あのときは怯んだ　わたしも

意志的に立つ母親が後ろ手に護った
秘密の花園
あそぶ女の子ひとりふたり　その向こうに
少年のあなたがいて
花よりむしろその根に眼を凝らし　既にして
思慮深い　いいひと
母親思いの長男

子供思いの母

そのまま引き下がり
時は過ぎ
でも
時が来て
わたしの腕のなかのあなた
あなたの腕のなかのわたし
贈りあうわかりやすい強弱記号
贈りあう見やすい反復記号
もういちどあそこからここまで
それは至福のとき
できるだけゆっくり歌った
それでもいっときのとき
進まずにいられない
時の腕のなかで考え
考えた末

関係

いっとう明るい三つの星がつくる空の三角形
その中心に据えれば
冬にこそ
冴える関係
冴える蜜月
後ろ手に護って
相手のあなたさえ
この先は通さない　と
まっすぐに立つ

ほんとの月を
あおく頂いて

わたしたちはいま

完熟

不安の種も
この実のまんなかにあり
わたしの記憶
あなたの想像
どこまで行けるか
崩れずに

あなたはいい
あなたはじつにいい
おなじ磁場に立ち
月の記憶に酔えば
星座の想像で労ってくれ
ひとには対等と見せ
わたしのぶんまで堪え
陽に好かれようとした
結果

そんな偶然も
重なると
こんな必然になる
四季になる
日は流れ
雲は流れ
また陽が射してきた
いまここ
ここ　いま
たしかに完熟
いっぱいの重さ

突かれたらお終い
だろう　が　不安の種を
でもやわらかく抱えあう
ここまでの結果の

果肉でもって

年下の友人

それなりに頑張った
仕事が終れば
逆の現場へ
帰る

ディスカッションはよくします……

妻を語る
年下の友人の
その一言に
一生分
うなだれて

小旅行

二泊三日の
無重力遊泳を終え
自分の大気圏へ
無事戻れば

あの引力が
正確に着地させる

家に

リアルファンタジー

うてばひびく
わたしたちのファンタジー
これから行くとこは
天井のうえの天上
無登記のひと坪
そこから広がる無責任は
どこまでも無重力
それだけに
ふたりの来し方行く末
ちからのバランス
浮力の持ち分
ことばの網
季節のよろこび
視線のたのしみ
記憶の泳ぎ
ぐんぐん行って
空でターンしたら

それはあたらしい
いかにもあたらしい
まだ無名の振り付けに
急に呼ばれ迷いつつ
浮いてる舞台に上ったら
そのかるいことかるいこと
知らない自分におどろく自分
だから
だけど
リアルなファンタジー

またあした行く

方程式

時が来て　いま　重い方程式を仕度し
ひとりのはやさで　登りはじめた
傾斜をそらし　つい　もどるのはやはりそこ
　絆にかけるXと　思い出をひくY

けれど　ほんとは
おわりに向う　狭い道　連立を拒んで
とうに晴れてる　ひとつの　式
　X加えるYは　わかれ?

やさしくて　くらい　胸のあたりで
いづれ開かねばならぬ　あの方程式だから
点々とあかるく結ばれた先客たちに紛れて

この重荷を解けばおなじに身軽には　なれる
ただ　いかにもつらい
　Xはわたし　Yはあなた
時が来て　いま　重い方程式を仕度して……

老い

誰かが言ってた
何かに書いてあった
　と思いこんでいた

では
いつ
聞いたのか
どこで

読んだのか

違う違う

ただただ
身に沁みてきたのだった

常に他者が気付く
自覚できない
このこと
――肉体より先に人格が衰える――

「一生かけて償います」

心底改心したようで

誰の耳にも快い
ただ
人を殺めた者にそう言われても……
それに
――誓いや約束は破られるためにある――

リアリティがあるのはむしろ
「一生かけて復讐します」

紋切型の反省言葉に酔ってる当人に
信じているらしい弁護人に
期待しているらしい裁判官たちに
訊きたい
詰め寄りたい

どうやって償うのか
具体的に言って下さい

犬

捜索
狩猟
軍用
警察
災害救助
麻薬探知
水難救助
盲導
聴導
介助
セラピー

大切だけど
面倒そうな役目
これが上に付けられると
《ヒト》のために働くことになる
しかも無私の仕事
疲れていても
役目を果たす
究極のボランティア

シッポ振ってるだけでいい
その辺の
普通の家の
ジョンとか
ポチとか
だったらよかったのに

認識

そのことになると
目も鼻も利かない
聴く耳を持たない
思考停止
心から信じている

こちらからは
洗脳されてるように見え
本人は
啓蒙されたと思っている

しかも
〈そのこと〉によって
〈こちら〉と
〈本人〉が
入れ替わる

形而上から形而下まで
数えきれない
予測できない
生きる限り出会う
そのたびに新しく
在る
そのこと

一生は　長い

彼我共々
こちらに居続ける人を
まだ知らない

HOWEVER

わたしは
きらわれている
にくまれている
うらまれてもいる
　漢字だと目に応えるので
　平仮名にしたものの……
家庭の事情
最近の体調
今の立場
　耳にやさしい言い訳を
　繰り出したものの……

性格だろう
いちばんの理由は

であろうと
身体にも心にも
必ず朝が
来る

出自とか　信仰とか　民族とか
《私》の責任の外で作られる
加減乗除が難しい
差別や憎悪
死後もリセットできない
それを負ったのではない　から

親友

価値観が同じ人と歩く前向きの姿勢は
たくさんの抽象と擦れ違っても疲れない
時代の先まで行けそうな広い歩幅で
良妻賢母期待地帯を飛び越えてしまう

いま聞こえるものが
周知の事実　既成事実であっても
だからこそ問い直し
あらためて話したい
この頃　首を傾げることが多く
昏寒し
となれば
完全同感地帯に山積するテーマから

共に選んだのはやはり
平和
するとその曲り角でぶつかる
よくある例
他山の石
立場が違えばわたしたちだって
危い
道を誤らぬよう
転ばぬよう
心して交差点を
渡る

よく晴れ
まだ午後は広い
ここからは羽を伸ばす
育った時代の常識から
二人して外れる

よくよく考えるために
あたらしく話し合うために

同い年――二〇〇五年

物心がついて以来
愚かだった
心身ともに弱かった
躓いてばかり
役立たずの愚弱人なのに
還暦まできた

呼称準急の次の停車駅は古希
ここからはあっという間といわれるが
こんな愚弱人では着けるかどうか

ただ
同い年のあなたには
健康で長生きしてもらいたい
還暦や古希で満足せずに
喜寿
米寿
白寿
そこまで行けばもう
生誕百年だ
あとは粘りに粘って
長寿世界一
ギネスブックに載ってもらいたい
そしてそのまま
載り続けてほしいのだ

〈戦後〉という名の
同い年の

あなただけは

あとがき

私の生年月日は、一九四五年五月三日。

その日の朝日新聞一面トップ記事の見出しは、「敵艦四隻を轟沈破／空母二隻も撃沈す（沖縄周辺）」。その左には同じ大きさの見出しで、「ヒ総統薨去す／後任にデーニッツ提督」との記事が並んでいる。ヒトラーの死亡はドイツ時間では四月三十日だったが、地理的時差と情報の時差により、日本の新聞報道は五月三日付となった。反ナチスの詩人で作家のエーリヒ・ケストナーがヒトラーの死を知ったのも五月三日だった。

当時のナチスはベルリン陥落の道連れに、反ナチス文化人たちの暗殺を企んでいた。その暗殺リストにケストナーも載っていたのだが、愛人であり有能な秘書であるルイーゼロッテ・エンダーレや映画人の尽力により、ロケ隊に潜り込み、三月半ばベルリンを脱出、チロルのマイヤーホーフェン村に逼塞する。そしてそこで、ヒトラー自殺の報を三日後に得たのだった。そうした偶然もまったく知らないまま、子供時分はケストナーの童話にワクワクし、大人になってからは詩や小説や日記を読んでいた。

この〈五月三日〉はまた、二年後の一九四七年に日本国憲法施行の日となり、以後「憲法記念日」という祝日になった。今年二〇〇七年は、憲法施行から六十年。日本国憲法は還暦を迎えたのだ。普段は憲法のことなどはあまり意識しないが、じつは私個人もずいぶんと護られている。

たとえば〈わたしのこころ〉は、じつにいい御身分である。ある時は人並に社会についての考察方面に向かい、賢人たちの仕事に啓発される。しかしまたある時はかなり不埒なことに惹かれ、個人的快楽に惑溺する。目立たぬところでこっそり堕落しては、ひそかに少し反省したりもする。頭でっかちかと思えば心でっかちでもある。クルクル変る。そのうえ客観的には横紙破りだろう。

長年にわたるいちばんの謎が、〈わたしのこころ〉なのである。謎は解けなくても愚かであっても、生きていられる。好きなように表し、こうして一冊に纏めることもできる。このいい御身分に感謝せずにいられない。私のような愚人の自由をも護ってくれているその基礎を、護らなくてはと思う。

詩集が出来上るのは七月末頃だろう。発行は憲法記念日になっている。日本国憲法が還暦を迎える日を、発行日にしたかった。

二〇〇七年五月三日　　佐藤正子

詩集『あの頃』（二〇一〇年）全篇

あのころ

昨年（二〇〇九年）十二月二十六日付朝日新聞夕刊の《昭和史再訪》というシリーズ記事は〈「およげ！たいやきくん」ヒット〉だった。「ギネス世界記録２００９」で「日本の歌手が歌って最も売れた曲」と認定されたことや、七五年十二月中旬に発売後、四百五十万枚以上売れたことなどが記されていた。

当時子供だった人たちはこの記事を懐しく読んだだろう。あのころ二人の子の親だった私もまた、別の意味で懐しさがあるのだ。じつはこの「およげ！たいやきくん」を歌った子門真人さんが、童謡の作詞をするきっかけをつくってくれた人たちの一人なのである。

三十年くらい前、子門真人さんにインタビューをしたことがあった。その頃、知り合いの編集者がある婦人雑誌の〈有名人の誰かにインタビューして記事を書く〉という企画に関わっていて、私にも声をかけてくれたのだが、いわゆる〈有名人〉を知らないので、先輩詩人でＮＨＫのディレクターだった葛西洌さんに紹介してもらおう、となった。葛西洌さんは青年時代は同郷の寺山修司と文学仲間で、詩の月刊雑誌「詩学」の投稿作品の選者をしていた。温かな人柄の面倒見のよい人で、その頃私が出した第二詩集の出版記念会にも出席して下さっていたので、お頼みしやすかったのだ。

「有名人かぁ……。〈新日本紀行〉に出てもらったシモンマサトさんならよく知っているけど。すごくいい人だし、大丈夫だと思うよ」と早速、連絡を取ってくれ、間もなくインタビューの日も決った。

その日、こちらは私と長年の友人岡田俊子さんの女性二人。あちらは子門真人さんとマネージャーの男性二人。新宿のホテルのティールームでお会いした。マネージャーは涼やかで品の良いナイスミドルで、子門さんは大ヒット曲の歌手なのに、浮ついたところのない誠実な青年だった。お二人への好印象をそのまま記したインタビュー記事が載った雑誌をお送りすると、子門さんからお電話があり、「こんどやるミュージカルを取材して書いてくれませんか」と言われた。「シンデレラ」というミュージカルをプロデュースすることになり、ぜひとも成功させたい、とのこと。喜んでお引き受けし、子供向けミュージカルでもあり、小学生だった娘と息子を連れて観に行った。このときの主役（シンデレラ役）が島田歌穂である。声量が豊かで、演技も巧い。島田歌穂はその後、ミュージカル女優として実力相応の大活躍をするようになった。「レ・ミゼラブル」のエポニーヌ役など、評判になった。

「シンデレラ」の紹介記事が載った雑誌を届けに行き、子門真人さんと話をするうちに、子門さんの作曲、私の作詞で、童謡レコードを出したいですね、というようなことになった。そうしてその後間もなく子門さんが、東芝ＥＭＩの制作部長である佐藤方紀さんに紹介しましょう、と連絡してきてくれたので、三人でお会いした。

東芝ＥＭＩでは、クラシックと童謡の制作は同じ部門だったので、佐藤さんはクラシック通である。この人は、日本の女性ピアニストの草分けである井口愛子（中村紘子が師事した）の息子さんなので、当然かもしれない。長身美形俳優のような容姿、人を逸らさぬ洗練された物腰、鋭いうえにスター性もある。三十代後半だろうか、若々しく颯爽としている。後に、レコーディングの日は必ず、混んだスケジュールをやりくりして激励にきて下さったが、佐藤さんが入ってくると、スタジオがパッと明るくなる。「どうですか……」と笑顔で訊かれただけでもう、ディレクターもミキサーも歌手も、みんな嬉しくなってしまう。和んでしまう。華のある人、という形容がまことにふさわしい人なのだった。

紹介されて話をしているとき、佐藤さんは子門さんを信頼している様子で、子門さんのほうは佐藤さんを真に尊敬しているらしく、いよいよ礼儀正しい。

このときの面会から間もなく、童謡レコードの作詞をやらせていただくことになり、レコーディングの日、スタジオで偶然、子門さんとお会いしたこともあった。私の作詞した曲ではないが、同じ企画での一曲を歌われたのだった。この人の明朗さ礼儀正しさは、少しも変らなかった。よく響くあの声とともに忘れ難い。

童謡の作詞は、長年私が書いてきた〈詩〉とは建て方が異る。〈詩〉の色調は、寒色でも暖色でもかまわない。寒色詩の快感、暖色詩の感動、それぞれに良さがある。ただ、童謡は暖色で表したい。そのほうが子どもに抱かれやすい。読む、より先に〈歌う〉のだから、歌えない寒いことばでは間にあわない。

ひとつの曲は普通は三番までだが、四番とか五番までの曲もある。テーマに添って各番が呼応するように、そして響き合うそこにも物語的飛躍が要る。また、くり返しも欲しい。童謡のこのくり返しに、子どもたちは喜ぶのだ。絵本でも、くり返しのところで声が大きくなる。鋭角のないからだを弾ませ、喜ぶ。

絵本といえば、やはり昨年の十一月二十日付朝日新聞夕刊の、森見登美彦が連載していた小説「聖なる怠け者の冒険」の第百三十六回に次のような一節が。

「うんとこしょ！　どっこいしょ！」と声を掛けて背中を擦った。ときおり、「それでもカブは抜けません！」と力強く叫んだ。なぜ彼がそんな掛け声を選んだのか、分からない。

絵本「おおきなかぶ」のリズムに合わせて五分も身体を擦っていると、すっかり汗と埃りは洗い流され、小和田君は爽快な気分になった。

文中の絵本『おおきなかぶ』（福音館書店）はロシア民話（内田莉莎子訳、佐藤忠良画）で、四十年以上も読まれ続けているロングセラー絵本である。

杜の都仙台にある宮城県美術館に、一九九〇年、佐藤忠良記念館が設けられた。宮城県出身のこの具象彫刻家のほとんどの作品が展示されている。〈具象彫刻家〉を実感したのは、「朔先生」と題する頭像を見たときだ。

詩人の佐藤朔さんは、話したことはないが、詩の会などで一方的に見てはいた。ブロンズのその顔を見たとき、あっ、と声を上げてしまった。それほど「朔先生」は、佐藤朔さんだったのである。芥川龍之介の長男で俳優の芥川比呂志の頭像も、キャプションを読むまでもなく、芥川比呂志なのだ。

このような大人の著名人とともに、幼い娘（後の女優佐藤オリエ）や息子など多くの子ども像を創り、彫刻家仲間から「小児科」と呼ばれたという佐藤忠良が、絵本の絵を描いてるのも自然なことだと思う。

とはいえ佐藤忠良は子どもの彫刻の場合でも、ただ可愛らしさを表現するのではなく、その人格や個性を表わそうとしたそうで、そうした彫刻観は絵本の仕事にも充分うかがえる。なかなか抜けないカブを大きく描いてはいても、幼児に阿った絵ではない。色彩も線も清潔である。

佐藤忠良記念館の開館から間もなく行ったのだが、記念館前の廊下のガラスケースに収められていたのが『おおきなかぶ』だった。娘が幼いとき読み聞かせした絵本に、こんなところで再会するとは……思いがけなかったので、ほんとうに、「あっ」と声が出た。これは、一九七一年生まれの娘が二才くらいの頃から購読していた、福音館書店発行の《こどものとも》シリーズの一冊だった。《こどものとも》は、毎月、年少版（百円）と年長版（百五十円）の二種類が刊行されていた。今では古典的名作となった『ぐりとぐら』シリーズも、ここから出ていた。シンプルな絵とリズミカルな文なので、子どもと一緒に歌うように読んだものだ。『ぐりとぐら』も『おおきなかぶ』も『《こどものとも》傑作集』として版を重ねている。私の手元にある『おおきなかぶ』は二〇〇六年刊、第百二十四刷の版であり、いかに長く読まれてきたかが分かる。

この作品は、森見登美彦の連載小説にあるように、「うんとこしょ　どっこいしょ」というかけ声がチャームポイントで、それが六回もくり返されるから、子どもはもちろん覚えてしまう。力を入れて「うんとこしょどっこいしょ」とくり返すうちに、親の私も幼い娘や息子もわくわくしてくる。きゃっ、きゃっ、と弾む子どもの期待が大人の私にも伝わるのだ。親としての無意識の緊張感がほどけて、子ども時分の弾みがあふれてくるのかもしれない。子どもたちに絵本や童話を読んで聞かせるうちに、自分の子ども時代をもう一度生きさせてもらっていることに気がつく。

こうした読み聞かせ体験が、童謡の作詞をするときに役に立った。〈くり返し〉と〈弾み〉を思いながら、大人の概念に占められていない、子どもの言語世界に受け入れてもらえるようなことばで、書いてゆく。難しいし、愉しい。歌詞に曲が付き、歌手がレコードに吹き込む。CDが登場する少し前だったので黒いレコード盤。A面二曲、B面二曲、計四曲入っている。子門真人さんと同じ盤に入った曲もあり、光栄なことである。

NHK「みんなのうた」で歌われヒットした「北風小僧の寒太郎」という童謡は、福田和禾子《わかこ》さんが作曲した。私の場合、この福田さんによる作曲が多かった。歌手のほうは、アニメ「キャンディ・キャンディ」の主役キャンディ役の声優松島みのりさんが、これも多かった。私の歌詞は、お二人の雰囲気に合っていたのだろう。

ここには、レコードの制作順に載せている。最初の曲「花時計」は、さっと書けて、即OKが出た。反対になかなかOKとならずに、二度、三度と書き直すうち、〆切りが来てしまい、曲を先に作ってもらってそのテープを聴きながら何とか仕上げたのが、「ナイス・レインボー」だった。有能なプロデューサーであり、「巨人の星」「アルプスの少女ハイジ」「キャンディ・キャンディ」「機動戦士ガンダム」などの作・編曲家でもある松山祐士先生に、「なぜ最初からこういうのを書いてくれないんですか!」と厳しく叱られた。松山先生はことばの分かる作曲家で、叱るときもほめるときも的を外すことはなく、怖がりながら仰いでしまうような〈先生〉なのだった。大人になると、二人の子の親でもあれば、叱ってくれる人などほとんどいない。仕事の場で正しく叱られると、鍛えられる。松山先生にほめられるとだから、達成感があった。

詩の雑誌などに書くとき、一ヵ月くらいはくれる。作詞の場合、一週間か十日間で二曲、時には三曲となるので、瞬発力が要る。力が出なくて躓くと、〆切りまで間がないから起き上るのが難しい。ただ躓いて苦労した曲は、愛着も深い。「宮殿の舞」という曲は松山先生の作曲だった。畏怖の念が先に立ち、緊張し、ことばの腕が伸びない。松山先生が不機嫌なので、ますます委縮する。気に入ってもらいたいのに、逆の方向に行ってしまう。そっちじゃないでしょ！　と苛立たせること数回。重く濃いあのときの、焦りの日々は、格別の記憶になっている。もっともその一曲のために、松山先生はタイに取材に行ったほど入れ込んでいたので、イメージに合う歌詞が作れるまで妥協できるはずもないのだ。何度か書き直した末に、「これでいいでしょう……ありがとうございました」と、ようやく言ってもらえたときのあの嬉しさ、解放感。まさに、「心も軽く身も軽く」なったものだ。

十代の頃から詩を書いてきて、三十代半ばで歌詞を書かせてもらった。〈詩〉とは異なる熱があり、温められた。音感ゼロの私が、上機嫌で自分で作曲？しながら歌詞を書いていたのだから、それを目撃した人には「おかしいヒト」と思われただろう。でも本人は愉しかった。十四枚出たところでこの企画は終ってしまったが、ほんとうに愉しかった。

あのころのことは細かに覚えている。その少し前の〈あのころ〉のことも覚えている。娘を膝に抱き、絵本や童話を読み聞かせしたり、歌を歌ったりした。娘の背と私の胸は透き間なく合わさり、ふたりの声もまあるく重なった。まあるいまあるい〈あのころ〉があったから、次のあのころを待つことができた。二つのあのころは、老いてゆく私のなかで、かけがえのないひとつの〈あのころ〉になろうとしている。

＊

花時計

一

知っていますか花時計
ほんとにお花でできてます

きらきら朝だよ
森のお花たち
まあるくあつまって
時計になっちゃった

いいにおい　いいにおい
だいすきな花時計

二

知っていますか鳩時計
鳩さん時間を知らせます

ちょうどお昼だよ
お日さまにこにこ
鳩さんうれしくて
時計になっちゃった

いいきもち　いいきもち
だいすきな鳩時計

三

なんてかわいい鳩時計
なんてきれいな花時計

だけどもうじき

森がくらくなる
そしてもうじき
みんなねむくなる

またあした　いいきもち
またあした　いいにおい

きのこの小人ちゃん

TS - 4917

一
きのこのおうちにすんでます
青いおうちにすんでます
みんな　こんなにちっちゃいよ
だけどぼくたちいそがしい

さむい冬がくるまえに
青い木の実をひろうんだ
いまのうちだよひろうんだ
いまのうちだよあそぶんだ

ピッコリ　ピッコリ
ピッコリ　ピッコリ　ピッコリコ
森の秋は　もうおしまい
青いきのこの小人ちゃん

二
きのこのおうちにすんでます
赤いおうちにすんでます
ほうら　やっぱりちっちゃいよ
だけどぼくたちえらいでしょ

白い冬のくるまえに
赤い木の実をひろうんだ

いまのうちだよひろうんだ
いまのうちだよあそぶんだ

ピッコリ　ピッコリ
ピッコリ　ピッコリ　ピッコリコ
森の秋は　もうおしまい
赤いきのこの小人ちゃん

三

きのこのおうちにすんでます
黄色いおうちにすんでます
そうさ　とってもちっちゃいさ
だけどぼくたちげんきだもん

長い冬のくるまえに
黄色い木の実をひろうんだ
いまのうちだよひろうんだ
いまのうちだよあそぶんだ

ピッコリ　ピッコリ
ピッコリ　ピッコリ　ピッコリコ
森の秋は　もうおしまい
黄色いきのこの小人ちゃん

おやおや　これは何でしょう
ひらひら　ひらひら　お空から
そうです　そうです　それは雪
雪です　雪です　白い雪

TS - 4937

バーニーちゃんはリトルスター

一

さあさあバーニー　でてきてバーニー

きみは　きみはリトルスター
ルビーのひとみで　お耳もピンピン
ゆきより白いよ　ユー　ユー　ユー

ステキなバーニー　おしゃれなバーニー
みんなきみが好き
だからリトルスター　いつもリトルスター
ずっとここにいて

二

さあさあバーニー　おどってバーニー
きみは　きみはリトルスター
ごじまんの足で　はねっておどってよ
ころんじゃだめだめ　ヘイ　ヘイ　ヘイ

しっかりバーニー　おしゃまなバーニー
みんなきみが好き
だからリトルスター　いつもリトルスター
ずっとおどってて

三

さあさあバーニー　うたってバーニー
きみは　きみはリトルスター
そのうたきけば　だれでもルンルン
いいこえだもんね　イエイ　イエイ　イエイ

うまいぞバーニー　そうだよバーニー
みんなきみが好き
だからリトルスター　いつもリトルスター
ずっとうたってて

TS - 4938

宮殿の舞

一

きらきらかがやく　エメラルド寺院
夕日にまけずに　きらきらきら　きらりん
それでみんなが　おまいりにくるのよ

きらきら　きらりん
きらきらきら　きらりん

二

ゆらゆらゆれるよ　メナムのカヌーは
バナナやパパイヤ　ゆらゆらゆら　ゆらりん
みてるとなんだか　のりたくなるのよ

ゆらゆら　ゆらりん
ゆらゆらゆら　ゆらりん

三

にっこりほほえむ　天使の舞姫
金の冠　にこにこにこ　にこり
だからいっしょに　おどりたくなるのよ

にこにこ　にこり
にこにこにこ　にこり

TS－4940

見ていてね

一

手をひろげたら　うれしくて
おどりたいな　タンタンタン
まるでまるでテレビスター

見ていてね　見ていてね
おかあさんとおどるから

二

上を向いたら　たのしくて
うたいたいよ　ルンルンルン
ひろいひろい空のうた
きいててね　きいててね
おかあさんとうたうから

三

せのびをしたら　いいきもち
まわりたいな　ゆうらゆら
みんなみんなUFOだ
見ていてね　見ていてね
おかあさんとまわるから

四

むねをはると　げんきがでて
あしぶみしたい　トントントン
いいないいなオリンピック
見ていてね　見ていてね
おかあさんとあしぶみだ

TS - 4949

ナイス・レインボー

一

虹は好きだよ
地球が好きだ

あの国　この国
待っててくれる

イギリス　フランス
アメリカ　日本
どこでもみんなが
見上げてほめる

ルック　ルック　ルック　ルック
ナイス　ナイス・レインボー
消えるな　消えるな
ナイス　ナイス・レインボー

大きなあの国
小さなこの国
待っててくれる
地球が好きだ

二

虹は好きだよ
宇宙が好きだ
あの星　この星
待っててくれる

金星　火星
木星　土星
どこでもやさしく
迎えて光る

ウェルカム　ウェルカム
ナイス　ナイス・レインボー
そのまま　そのまま
ナイス　ナイス・レインボー

大きなあの星
小さなこの星
待っててくれる
宇宙が好きだ

TS - 4950

いいねタンブリン

一

ねえ　うん？
タンブリンはタイコだもんね
おまつりだいすき
げんきいっぱいだ

たたけ　たたけ　タタント　タンタン
おなかにひびくよ　タタンタ　タンタン
いいねタンブリン
タイコのタンブリン

二

さあ　ね！
タンブリンはクルマのハンドル
うんてんしちゃうぞ
赤いスポーツカー

まわして　まわして　ブルンル　ルンルン
レーサー気分だ　キュルンル　ルンルン
いいねタンブリン
ハンドルタンブリン

三

そう　うん！
タンブリンはユミちゃんとおなじ
おしゃべりなんだ

すっごくにぎやか
ふるんだ　ふるんだ　シュワッチ　シュワ
シュワ
たのしくなっちゃう　リュワッチ　リュワ
リュワ
いいねタンブリン
おしゃべりタンブリン

TS - 4962

飛んだペンギン

一

つまんないよ　つまんないよ
氷すべりなんか　もうあきちゃった
飛びたい　飛びたい
南の島の空
飛びたい　飛びたい
モンキーバナナをとりにゆこう
ピコピコ　ピコピコ
がんばろう

二

こまっちゃった　こまっちゃった
ふとりすぎかな　ダイエットしなきゃ
飛ぶんだ　飛ぶんだ
とおい国の空
飛ぶんだ　飛ぶんだ
ジャンボジェットときょうそうしよう
ピコピコ　ピコピコ

がんばるぞ

三　とうとうやった　とうとうやった
鳥になったぞ　まるで夢みたい
飛んでる　飛んでる
広くて青い空
飛んでる　飛んでる
雲の上までしっかり飛んだ

ピコピコ　ピコピコ
がんばったのに

やっぱり夢だった
ころんで目がさめた

TS - 4963

動物おみこし

一　きょうは朝からいい天気
動物村のおまつりだ
パンダもコアラも目をさまし
とっくにおみこしかついでる

わっしょい　わっしょい　おもいぞ
わっしょい　わっしょい　おとすなよ
わっしょい　わっしょい　わっしょっしょっ

二　みんなうきうきたのしそう
動物村のおまつりだ

ウサギもキツネも耳をたて
きどっておみこしかついでる

わっしょい　わっしょい　かっこいい
わっしょい　わっしょい　ころぶなよ
わっしょい　わっしょい　わっしょっしょっ

三

だれでもいいからよっといで
動物村のおまつりだ
子ネコも子イヌもせのびして
まけずにおみこしかついでる

わっしょい　わっしょい　かわいいね
わっしょい　わっしょい　がんばれよ
わっしょい　わっしょい　わっしょっしょっ

TS - 30008

夢のフラミンゴ

一

白い白いフラミンゴ
ながれる雲を見てたから
だからそんなに白いのね

いっしょにあそぼう
あそぼうよ

きみたちとっても好きなんだ
いっぽん足で立っている
あの雲のようなフラミンゴ

二

ピンクのピンクのフラミンゴ

夕やけ空を見てたから
それであんなにピンク色

いっしょにおどろう
おどろうよ

きっ《ママ》みたちもっとじょうずだね
いっぽん足で立っている
夕やけみたいなフラミンゴ

三

きれいなきれいなフラミンゴ
せかいの夢を見てたから
きっとこんなにきれいなの

いっしょに飛びたい
飛びたいよ

きみたちなんてステキなの
いっぽん足で立っている
あの夢のようなフラミンゴ

TS - 30009

ホットケーキだチャールストン

一

きのこハットのコックさん
みんなあつまれ　キッチンへ
手をあらったらチャールストン
ピカピカレンジもチャールストン

まちどおしいね　あのにおい
よーし
きょうこそつくるぞ　チャレンジだ

おいしいんだもん
ホットケーキ

二　じょうずにまぜよう小麦粉と
たまごにさとう　ミルクもね
あとは焼くだけチャールストン
フライパンもチャールストン

ゆだんしてたら　このにおい
あーあ
しっぱいしちゃったこげちゃった
やりなおしだね
ホットケーキ

三　こんどはせいこうきつね色
クッションみたいに　ふくらんだ
Vサインだよチャールストン
フライ返しもチャールストン

ドキドキしちゃう　いいにおい
やった
ナイフとフォークをそろえたら
いただきまーす
ホットケーキ

TS - 30021

ひよこちゃんのスキップね

一　ちっちゃいけれど
ピヨピヨ　ピヨピヨ　ピー
おさんぽ好きだよ

ピヨピヨ　ピヨピヨ　ピー
きょうは遠くへいくんだよ
あぶなくないもん
へいきだもん

二

おそうじせんたく
ココッコ　ココッコ　コー
いそがしいけど
ココッコ　ココッコ　コー
つかれたときはひとやすみ
お空をみたら
いいきもち

三

いつもげんきさ
コケコッコー
早おきなんだ
コケコッコー
あしたもあさをしらせるよ
ねぼうしないさ
だいじょうぶ

四

たいくつだもの
ミャーオ
いたずらしちゃった
ミャーオ
かわいいひよこをひっかいた
ほんとはいっしょに

あそびたい

五　びっくりしたよ
ピヨピヨ　ピヨピヨ　ピー
さっきはごめんね
ミャーオ
ともだちなんだあそぼうよ
おはなばたけで
かくれんぼ

TS - 30022

ふしぎもふしぎ　フ・シ・ギ！

一　ミミちゃんだって知りたいよ
目が赤いわけ知りたいよ
ふしぎだふしぎ
フ・シ・ギ！
じっと見られて　はずかしい
だけどいいこと　あるんだよ
なきべそしても　いいおかお

二　ミミちゃんだってこまっちゃう
お耳がながくてこまっちゃう
ふしぎもふしぎ
フ・シ・ギ！

みんながひっぱる　いたいな
だけどいいこと　あるんだよ

はちまきにして　うんどう会

三　ミミちゃんだってわかんない
なぜはねるのかわかんない

ふしぎのふしぎ
フ・シ・ギ！

つかまっちゃうと　たいくつだ
だけどいいこと　あるんだよ

三だん跳びで　一とうしょう

TS - 30038

キャンディー・パーティー

一　キャンディー・パーティー　はじまった
お城にあつまり　おどってる

赤い服　白い服
黄色い服　青い服

きらきらきらりんキャンディーが
ドレスアップだ　まぶしいよ
ちょっとときどって
ごあいさつ

二　キャンディー・パーティー　ひとやすみ

森にでかけて　あそんでる
赤い花　白い花
黄色い花　青い花

きらきらきらりんキャンディーは
お花ばたけだ　かわいいよ
いっぱいつんで
プレゼント

三

キャンディー・パーティー　さようなら
空にちらばり　光ってる
赤い星　白い星
黄色い星　青い星

きらきらきらりんキャンディーも
星座なんだね　ステキだね
そっとかぞえて
夢の国

TS - 30039

＊

うちゅうはおなかに

すいか　まるごとひとつは
　海をたたえた満月
ひと切れのすいかは
みずみずしい予感の半月

ひとさじ　ふたさじ
すくいとられると
もう　おまえのみかづきさま
　バナナもそうだよね

焼きたてでも　クロワッサンは
いつも寝冷えしたみかづき
　はらまき　してる

まだある
みかんのひとふさ　十六夜の月
かぼちゃのてんぷら　十三夜
煮豆はふとった半月で
ひざにこぼれおちた　みかんのへたは
みどりのいちばん星
　あたしのよ

ぼくたちのたべもののなかで
月は　満ちたり
　欠けたり
　　星さえこぼれて

そう
うちゅうはだいたい
夜までに
ぼくらのおなかにおさまる

おむすび

シャンデリアの下　どこかでは
キャビアのカナッペ
きのうから作ってたスープ

仔牛のクリーム煮や
舌ビラメのムニエル
それから　指があそぶような
プチパン　プチパイ　プチフール

きれいで
しゃれてて
おいしそうだったりする
ことばたち

すきだな　それも

だけどこんやは
むむすびがいいね

ひかるひとつぶ　ひとつぶが
きっちり　掌のなかで結ばれた

幼いかたち
遠足の　ほおばるかたち

いただきまあす

たとえ塩だけでも
合わされた　海と地の味が
ふっくら　ほぐれて
ああ　おいしい
これだけでも　うん
こんなよるもいいね　ほんとに

みかん

こころのように
みかん　をひらいたら

いちばんちいさなひとふさがはがれ
まるい　夜の灯りに透かすと
あした叱られて
おまえがこぼすなみだが
ちょうど　十八つぶ
あまずっぱく　よりそってた

恩がえし

笹はしなう
巣立ちしたばかりの
こすずめを
ほっそり　ささえて
さとうさんちのこの庭なら
　ごはんはあるし

　草もそのまんま
　　おまえでも安心
　　　さ　おいで
だけど　あの人の
目のために　なるべくじょうずに
笹をあそぶんですよ
それが何よりの恩がえし

と母さんに言われたからだね

いいきもち

一　　いい天気だよ
　　うれしいな
うれしいんだもん
　　いい天気

お空の雲が
あれれ　あれれ
シュークリームだ
ほんと　ほんと
　ほんとだよぉ
ママにつくってもらおっと
いい天気だもん
うれしいもん

二

雨ふりだけど
　たのしいよ
たのしいんだもん
　雨ふりだ
お庭のあの木が
まるで　まるで
クリスマス・ツリー
見てよ　見てよ
　見てってばぁ
ぬれてきらきらひかってる
雨ふりだもん
たのしいもん

三

いいきもちだな
　眠たいよ
眠たいんだもん
　いいきもち
ママの歌が
なんか　なんか
おふとんみたい
だって　だって
　だってさぁ
ふんわりやさしくあったかい

いいきもちだもん
眠たいもん

答え

なぜなの
その子が首をかしげるたび
ふかい夜から
星がひとつ
ちょうど朝のあの子の
空色の壜　に

たくさんのわからないこと
いくつかのふしぎなこと
きょうのおわり
ゆめのはじめに

あらためて見上げることで
星になり
問うことが光る
そう気付くことで
背中合わせの時間に
落ちてくる
晴れてやってくる

ねむり　ゆめ　あさ
時計回りに言葉が働いて
おはよう
あした　その子が元気に
日を着るとき
あの子の空色の壜から
星は
答えのかたちで
夜に昇ってく

決して　ひとつ　じゃなく
それぞれの色と
遠さで

あとがき

十代の頃から詩を書いてきて、いわゆる〈現代詩〉はこれまでに五冊の詩集に纏めたので、それ以外の作品を一冊にしたかった。一九八〇年台前半、まだアナログレコードの時代に作詞した童謡や、〈児童詩〉として雑誌などに載せた作品を。

〈童謡〉については少々わかったつもりでいるものの、〈児童詩〉のほうはあまりわからない。書くのも読むのも好きなのに、児童詩とは?と訊かれると、困ってしまうのだ。

じつは童謡や児童詩は、けっこう難しい。そして愉しい。書いているときの発熱点も、現代詩のそれとはちがう。この感覚とて単なる私感にすぎないが、纏めながら読み直すうちに、改めて思ったことだった。

ねじの原理

愛は
ねじの法則か
鉄のサディスト
非情の原理
孤独が呻く　谷底めがけ
愛の地獄を　ねじってくる

らせんの　山の頂を
研いで　ねじって
食い込んでくる

ねじの原理よ
愛の法則
また　ねじれては
孤独に食い込む
したたかな原理
愛の地獄

超越無理数

あなたは円の中心で
わたしは　にぱいあーる　の円周上
　決して　あなたに達しない

焦れて　あーる　を縮めても
静かな　ぱい　に縛られる
脱げない　それは円周率
証明された　超越無理数という……

この　むりすう　に冷されて
あなたは円の中心のまま
　決して　わたしに達しない

赤と黒

おとこが　私を
赤い血で　刺殺しても
きっと　傷まずに
流れる

おんなの　もろ刃のことばで
ひと突きされたら
きっと
死ぬより黒く　傷ついて

固まる
それで　私はいつも
おとこを　赤く畏れ
おんなを　黒く怖れている

待つ

たゆっている　記憶の湖《うみ》
　あまやかに未来が
　　透けて視える　錯覚

体現を逸らしながら
ひかりのふるまいも　ゆるせないくらい
待ってしまう　ような

意識するより
無意識さえ　くるしくって
　ただ　待ちたくなる　ように

うすずみ色の鐃舌を梳き
結んだ季節を　ほどき散らし
もう　待つまいと　沈む

　そのとき

この記憶の湖の　彼方から
待ちはじめている
　のかもしれない

氷点

整えられて
習慣に起きる
意志　の氷点
白い垂直
ゆるみはじめる
零度

かがやくまひるを
鋭角に交る
視線　の氷点
透明の刃
零下五度

暁をひらく扉に
素肌が吸いつく
夢　の氷点
青い炎の
零下十一度

計れないまま
　識っている
発酵しきった
あの
ことば　の氷点

戻れない……

あかるいよる

お湯をすべらせ
はだかであそぼう

濁音脱いで
はしゃいだまんま
夕子も　史郎も
さあ　おいで

みっつとひとつ
はだかのおまえたち
はだかで産んだ　わたし

こえをゆらめて

いっしょにうたおう
ははの歴史の　これは
つかの間
いまは逃げずに
まるまる　すべらか
ほうら　あかるいよる
いのちもあかるい
いっしょにうたおう
はだかであそぼう

水への祈り

その勢いが
饒舌に溺れる
重い言葉たちを裂き
冷え渋っている　貧しい
ゆめの温もりまでも
一切の過去を払拭し
まだねむっているきょうを
啓《ひら》くため
凍りかけた厳しさで
いまの今へ
瞬時に昇ってくる
この必要の水への
希いは

青く冴えた寒気が
いたい　解けない立場で
めくられた朝を着るために
わたしの三十年を流れた
水のイメージのむこうがわで
小ゆるぎもせず　結晶していた
はじめての　生きている
　はじめての祈り

K氏へ

あなたは
その日蔭の倫理　を験す
リトマス試験紙を
わたしの　おわりの日
までの枚数分残して
弛んだ

あの日から　わたしは
解っているのに
いちまいを
　いちにち　に浸してみる

あなたとわたしの四半世紀が
ふれあって　映した
　この倫理を
傷みそのもののあなたへの
想いで洗われたプレパラートへ
そっと澄ませて一滴……
静かに暗いミクロコスモスに
熱く拡大するとき
やせた都会の土へ

ほろほろと還ってゆく
　あなたの白い最期が
　　視えてくる

決して日の当らない倫理のための
このリトマス試験紙は
　そして
いちにち毎に
うすく　のこされてくる

熱い平行線

この空を傷ませる
　幼い　熱い
平行線がある

逃げ水のような雲をつらぬく
　まばゆい切なさの
いっぽん

それをまもりたくて
声のこえ　を絞った
　あやうい
いっぽん

よっつの季節を通っても
　まじわらず
熱く　平行するばかりなので
まるい空は傷んでしまう

飢える

親しい星座も凍りつく
四季の半分を奪う必然の冬
が　山に潜む湖も
樹海に挑む潮騒も
再びたしかなささやきに
素肌の燃えるかがやきで
あおくあおく起きてきた

冬中ストーブの部屋で
醱酵しきった言葉達を
秘密のまま受け入れる
　春の原野は切ない善意

都市には枯れた幼い草花が
素朴な懐しさを紡ぐ
甦る草原
五月の大気は
無償で緑を呼吸しつづける

それなのに
わたしは飢える
あの混沌の海に………

しなやかな企みをとりこむ
　ふかい視線の安全地帯

濡れたことばがあかく錆びるまで
　くちびるがしのび逢う渚

醒めた会話の抱擁と暗号の刺激

湧いては煽り合う活字の愛撫
かわす間もなく打ち寄せる波は
焦れをさらって
飢えさせる

今　ひかりそのものの季節を
全身に浴びながら
わたしは
夢のように　飢えている

絵本

きみは絵本みてる
ふっくらのゆびがそおっとめくるから

まあるい眼もしんぱいそう

あのページじゃほほづえなんかして
気むづかしそう　まゆだってちぢむ
　だいじょうぶかな

でもそこまでくれば　げんきいっぱい
ひとりごともかがやくんだ
　うんだいじょぶ　だいじょぶ

だから　うたもこぼれてきちゃうんだ

ばななん　ばななん　　ばっなあな

ちっちゃなエチュード

さあぼうや
ひだりてのこゆびは
おまえのあふれるそのことばの名詞を
　なかゆびは動詞
おやゆびは形容詞を
　　この和音くりかえすの
みぎての旋律はね
　いちんちの波がだあんだん
ちっちゃなおまえの
　まいんちをひたしてくように
だからいそがなくていいの
いろんなきまりもすこしづつ
ほらここんとこ　よおく気をつけて
　ああ　それ　やわらかにって
　でもながれちゃいけないんですって
　　これおわったらあそぼうね

じゃ
　やってごらん

ちょびっとくん

お湯かけたとき
ぼく　ちょびっとないたの
　あんときね　こわかった
おなかいたいよ　ちょびっと
　ほんとだょお
ちょびっとぶっただけだもーん

　あっかんべえだ
ねぇねぇいいでしょ　ちょびっとだけ
うんうんあした　ほうら　もう八時
　ふつうにわるくなってきて
　　いい子だね
　ちょびっとくん
もうじき　よっつ

おもいでのくに

ただ　傷みが触れると
　その　にび色の扉はひらきはじめる
死者たちのうすいほほえみがさしのべる
　あのとき

わたしの永《なが》の悔恨はゆれゆらめき
　また招かれる

死者たちの愛しそうなまなざし
　いまもかわらぬぬくもり
きょうをまといながらのわたしと
あのとき　のままとのたまゆらの再会

ひとめぐりの四季を復習《さら》えば
さらにはるかな時々も
幼いヴェールをすべらせる

触れればいきいきと
かつて死者たちが主催した
　こどものころのくらし
　　が誘い合い　映えてくる

あのころは支配された　ふかぁいやすらぎ
時を脱いだ人形の眸のような　くっきりと
　くっきりと　あかるい　遠さ

　それもたまゆら

そうして　帰りぎわ　いつも
まだ死者でない　過去というあなた方と
ゆめのようにすれちがう

ひなげし

つぼみのひなげしは
一匹の蛇なので
時の温もりに　それが
ほころび
はなびらの緋がのぞくと
それは　ちょうど蛇の眼

鎌首がふくらみ
緋の眼も裂けるとき
少女から女へ　するり
蛇も忍び込むからか
ひるさがりのあかるみ
鎌首を脱いで
幻想を誘う
あの
クレープのスカートをひろげはじめる

押し花

過去帳の和紙が

湿った現在を吸い取るので
　いつも　押し花は過去形

生花はここにもみえるのに
押し花は　過去帳を繙くとき
ほのみえるだけ

たとえ重い過去でも
計れないほどかるい
透けるうすさの過去形で
はらり　いまにおちてくる
そのページに戻せば
はかなげな死角をつくり
あのひと　このひとの名を匿してもくれる
未遂の夢のような過去形

スミレ

五十音が紡ぎ出した
　すみれというひびき

スミレは
その名のためもあってか
陶器に　布に
　紙に　移植され

氏を誇る　華やかな名詞にも劣らず
形容詞に恵まれるのかもしれない

ゆめの春はまひる野
むらさきの蝶がとまっているように

そして　その魂がないているように
スミレがゆれている

（花詩集）

自死したひとへ

■波長

傷んだあなたの神経と
とがったわたし　との波長が合ってしまう

そのことで
より傷んだ神経は
よりとがったわたし　とまた合おうとする

ほんとはあなたの羊水にうかびたいわたし
ほんとはわたしを胎児にもどしたいあなた

ちいさな狂気をもてあそびながら
ぴったり合ってしまう　わたしたち

合いすぎて　もどりすぎて　わたしは
わたしの性染色体を決めたひと　父
のところまで　もどります

■おもう

じぶんからしぬのが　自死
じぶんをころすのが　自殺

だから　あなたは

自死しようとして
自殺したことになりますね
まちがえてたらごめんなさい　おかあさん

あかるく
つとめてあかるく
あなたが　あなたを
帯に吊った　瞬間をおもってみる

■左手の予感

制服もオーバーもいやに重い
ウールなのに死の予感のようにつめたい
　オカアサンガキトクダカラ
五時間目を早退
この代官山駅から　いえまで帰るのだ
好きなグラマーの授業を降りた歩幅で
　灰色の野良犬をかわす

毎朝　ホームで会う
東横線のプリンスとも云うべき
あの　慶大生の家の医院の玄関が
いまはもう　あたまよりたかくて
とてもみえない　さよなら星の王子さま
彼も医学部へ進むのだろう

まだ生きてる　と右手で綴り
鞄を持ちかえ　左手で
ほんとは　もう死んでる
　と書き直す

危篤なら　いそいで迎えにくるのがふつうだ
教会に添う下り坂は　十字架で支えて
死へすべりおちるのをこらえる
でも　神などいないだろう　きっと
わかってるんだ　献金がすれあう貧しい音

そしてこの登り坂
いまはできるだけうつむいて
思春期の勾配と交る

わたしのいえは　恵比寿でもとくに
高台なのだ
水は　角度に　喘ぎ　しめつけられながら
　蛇口までほそく登ってき
末期の苦しさで　わたしのくちびると交る

　それはおいしい
風は　ラジカルに制服のスカートを払い
そのしたの深層心理と　黒く交る
　はやくきて

それら高台の快感と
　主婦のあなたの四季とは　そう
　阿吽の呼吸だったはず

だのに
玄関を入っただけで　左手の予感
居間を埋めたあかい目に確かめるまでもなく
やっぱり　あなたは
もう　死んでいた

あまり　ひとには云いたくない死に方で

■だから

そう上手くは生きられない
　生きちゃいけないような気がする

白いかっぽう着がさむくなったのか
　右手で　生きたい　と希い
　左手で　死にたい　と訴えていた

その　さしのべた両手の
ゆれる　ふたつの意志を感受しながら
知らぬふりした
つめたいわたしだから

半間巾の廊下のつきあたり
南向きの真四角の部屋
北からドアをノックして
母なるあなたが　娘のわたしに
あまえる
　ねえ　きょうはどうだった……
ああ　また　あたたかい掌だ
　どうって　きのうとおんなじ……

とてもあたたかいあなたに
包ってねむった　あのころ
民主主義が若いぶんだけ　家族熱は高かった
スポック博士が浸透してないぶんだけ
　親は高かった

でも　いまはもう　うるさいんだよ
わたしはエゴイストで見栄っぱり
幼い体はスレンダーウエストで

まろやかさに欠けている
思春期のこころは　ねじれて輝き
　寛容さに欠けている

右手でも左手でも　好きにしたらいい
わたしはあなたを救えない
神じゃないんだ　わたしは
あなたの娘なんだから
試験なんだから　あしたは
たすけてほしいのはわたしのほう
　もう　でてってよ

居間の父を呼びながら
結ばれかけた視線を
個室のドアで
北向きに　截った

あんなかなしい眼は　たまらなくいやだ
くりかえしたな　まいにち

　そのころあなたの神経はふつうでなく
　　わたしもまたとがってた

だから
そんなだったから
そう上手くは生きられない
また　生きちゃいけない
ような気がする

■みつけたのは

わたしはみつけなかった

みつけたのは父
　あなたの夫だった

湿った風呂場の引き戸を
右手で右に引いたら
目のまえに
あなたは吊られていた
いえ　吊っていた
あなた自身を
その　ふだん着の帯で

まっすぐな視線
まっすぐすぎる思考
日常の匂いを整えた
　まろやかな鼻腔
娘の反抗をかなしんだ　その
　ついぞ口紅を頼らなかった　くちびる

家事をリズムにした
　いつも家族のための両腕
いかにも主婦の　からだのかたち

それら四十九年間の
あなたの生のすべてを
まちがいなく
吊ってしまっていた

下宿人の早大生の若い力を借りて
吊られたおもい人形のかたちから
ようやく
死んだひとのかたち　におろしたが
立場の温みをのこしながらも
もちろん
夫の人工呼吸に応えなかった

わたしはみつけなかった
そのころ
二時間目の授業中だったから
　目黒高校一年七組の
　　ストーブの効いた教室で

白い大きな猫

朝寝のあとは　よおく伸びをして正座
オッドアイの牡
左眼が青
右目が猫目石

お昼ごろまた眠くなり
〈パン釜に入れるばかりのクロワッサン〉になって

ほわほわとあいまいにかたちを保って
また起きれば
従順なのでリクエストに応えてしまい
やれ羊だ
アルパカだ
オコジョに似てる
白狐にも

また眠いけど
もうひとふんばり
期待に応えて疾走すれば
垂れたお腹が
右に　左に
白クマだ
真打ち登場

年寄りなのに　素のままで
ひとり動物園やりました
おかあさん疲れました

いま　わたしの膝のうえで
〈銘菓ひよ子〉
東京駅定番お土産になって
里帰りしている

頰

今　動き出したそうな……
白イルカのような先頭だけが映っている
イルカのその白い左頰が
茶色く汚れている
ヘリコプターからの映像なのに
はっきりわかる
理由もわかっている

先ほどから屋根の上　プロペラが煩い煩い
音がつながったり　重なったり
三機は飛んでいるだろう

近くで何かあった

テレビをつけると
――上り東海道新幹線が止まってしまった
　　新横浜駅で人身事故のため――

航空写真ならばすぐそこの駅

誰かが
風を切って通過するはずの「東京行き」
その先頭車の冷い硬い頬に
温かいやわらかい命を
投げた　自ら
ぶっつけた
自分を終らせたのだ

家族の知らぬ間に
大勢の赤の他人たちには
このような〈映像〉と〈想像〉を与えた
どこかの誰か

シンデレラ

針が進んで
一対　から
対象　になったとたん
愛称は後退
立場が
前へ

母子共で一枚の
履歴書を盾に
おかあさんが凜々しく
呼んでいる

さっきまでの
腕の力
胸の力
身体の力
けっきょく
ことばのちから

どこいったの
よー

男のシンデレラ
とは言わずに
きょうはありがとう
斜めにひきさがり
針が重なるまえにおかあさんに
お返しする

エッセイ

北村　薫

今年度（九六年）上半期の直木賞を受賞した藤原伊織の『テロリストのパラソル』は、昨年、第四十一回江戸川乱歩賞を受賞した時にベストセラーになっていた。当時、それを読んだ友人は、「読ませるんだよねぇ」と言った。その人から借りて読んだが、たしかに読ませる巧いミステリだった。直木賞受賞で、今も売れているようだ。

今回の直木賞の候補作の中に、北村薫の『スキップ』も入っていた。〈北村薫〉という名は、私の娘を通して知った。この作家の二冊目の作品集『夜の蟬』が出た六年前（九〇年）のことで、お勧め品として渡されたのである。日本推理作家協会賞を受賞した一冊だから、ジャンルとしてはミステリなのに、殺人事件はひとつもない。そのうえ文章が豊かで、新しいタイプのミステリだった。続いてデビュー作のほうを読んだのだが、この『空飛ぶ馬』の全五篇は、ミステリアスな文学作品だと思う。

北村薫は当初、覆面作家であった。覆面の下についての推理は、私の周囲でも分かれていた。二十代後半の女性、父と娘の共同、中年の男性、というふうに。『空飛ぶ馬』の文庫版の解説には、作者は女子大生だと信じ込んでいた愛読者もいた、と記されている。本好きの女子大生の私小説という形での、みずみずしい作風の連作なのだから、作者は現役の女子大生だ、と思いたくもなる。男性読者は特に、そう思いたかったことだろう。

私はでも、〈北村薫〉は、中年の男性だと決めていた。主人公の（若さ）の描写には、それをもう失った者の眩しさを感じたし、（美しさ）の形容には、異性の憧憬が込められている。同性の目は、もっと正当的に細かい。それに、作中の次のような表現は、若い女性のものとしては渋すぎる。

○果物を食べるのに、朝は金、昼は銀、夜は銅だそうだ。
○待てしばし、のないのが私の性格だから、
○新橋色の月で、私の十九歳が終るのも首尾一貫している。

しばらくして、〈北村薫〉は覆面を脱いだ。やはり中年の男性だった。そのソフトな新劇俳優の雰囲気に、いいね、いいね、と娘と私はいよいよ傾く。作品のほうも、読み返すたびに新しい小路が見つかる。「胡桃の中の鳥」の、〈比喩や抽象は、現実に近付く手段であると同時に、それから最も遠ざかる方法であろう。現実の苦しみに思いを至す時、そう考えないわけにはいかない〉という箇所などは、ゆっくり歩きたい路である。

『空飛ぶ馬』と『夜の蝉』は、娘も私も各自の分を持っている。娘はさらに、それぞれの文庫版を持っている。常時読めるようにと、自宅にも下宿先にも置いているのだ。

そして『スキップ』は、昨秋（九五年）発売と同時にまず娘が買い、少し遅れて私も買った。それを読まないうちに友人に押しつけてしまったので、駅前の本屋にまた行った。

店主の次男なのか（長男は確認済み）、アルバイトなのかその身分が不明な、でもいつもレジにいる二十代前半の青年に、自分では捜しもしないでいきなり、「スキップ、あります?」と訊いた。すると、さっと取ってきて、「これ、すっごくいいっすョ」と言ったのである。普通程度の愛想の彼が……。そのとき、なぜか、〈地域に生きる〉というフレーズが来て、じいんとなってしまった。

こうして、狭い狭い家に、ぶ厚い『スキップ』が二冊ある。

ナチズムの誤算の見本

『ホロコーストの子供たち』（ヘレン・エプスタイン）

友人がこの本をくれた時、なぜすぐ読まなかったのだろう。「あなたにいいと思って、これ」と差し出されたそのタイトルを見たとたん、つらい重い本類、に仕分けてしまい、そのまま読まずに数年が経っていた。

当の友人とアウシュビッツ展を見たのは、本を貰った前だったか後だったか……。アウシュビッツ展を見るまでもなく、人間の脂肪で作った石鹸、毛髪で織られた布、毒ガスの缶等は写真集で常識程度には知っていた。それでも実物を見た衝撃はかなりだった。会場を出て間もなく神経性の腹痛のため寒くなり青くなり、自分のだらしなさが嫌になったくらいである。

友人は、この『ホロコーストの子供たち』を読んだうえで私にくれたのではなかった。ナチスの強制収容所についての本を多少は私が読んでいることを知っていて、読んでみたらと言ってくれたのだった。私もこの本の帯の文さえ読まずに、ホロコーストに遭った幼い子供達の報告と思い込み、とにかくつらい本、と逃げていたのである。最近になって書棚のガラス越しにもう一度見つけ、思いきって読み始めたら意外だった。確かにつらい内容だったがこれは、ホロコーストを生き残った人を親に持つ子供たち、の話なのだった。

アウシュビッツ、ダッハウ、トレブリンカ、ブーヘンワルト等のあのナチスの強制収容所は当時、ドイツ国内だけでも数百はあったという。そこで六百万人ものユダヤ人が殺された。何とか生還した人々が戦後に結婚し生まれた子供達は、ごく控え目に見積っても世界に五十万人はいるらしい。ここまでの数字にまず圧倒されるのだが、本書の著者であるヘレン・エプスタインはともかくその一人なのである。ヘレンの両親は共にアウシュビッツを生きて出られた数少ない人達で、チェコ人だったユダヤ人である。二人はまた、共にあのメンゲレ医師の〈死の選別〉の際に機転を利かせ、生のグループの方に入ったという。そのような生きる智恵と体力とを解放の日まで持ちこたえ、戦後、帰国したチェコスロヴァキアで再会し、結婚した。そして著者が生まれたのだが、この人がどのように育ってきたかが本書の主題である。

ヘレン・エプスタインは一九四七年プラハで生まれ、翌年、両親とニューヨークへ移住し、ニューヨーク大学ジャーナリズム科とコロンビア大学大学院を卒業後、本書発表時は同大学で教鞭を執っていた。この経歴に頼るまでもなく知的で真率、そのうえ感性が豊かで、同体験していない読者をも共感させ得る明晰さ柔軟さがある。しかも、ここを通らねば自己の確立はない、とでもいうような真摯な対峙の姿勢は痛々しい程である。同じ立場の人達へのインタビューを通して自己を解いてゆくのだが、その語り方の何と親切なことか。

読みやすいので引き込まれるうちに著者の境遇に遠いはずのこの私の育った時代が、巻き戻されてもくるのだ。私は一九四五年生まれなのでほぼこの人と同世代である。戦地から無事に戻ってきた父も一緒に一家で疎開した千葉で、私は生まれた。早めに疎開したので、あの三月十日の東京大空襲を免れたのだった。

私が生まれた五月三日のこの日、『ケストナーの終戦日記』によれば、ドイツの詩人、作家であるエーリヒ・ケストナーは、チロールのマイヤーホーフェンでヒトラーの死を知った。実際にはヒトラーが愛人のエバ・ブラウンと自殺したのは四月三十日だったが、ベルリンから遠く潜んでいたケストナーは、遅れてこのことを知ったのである。ベルリン陥落の道連れにすべく、ヒトラーが作った暗殺リストに入っていたケストナーは、有能な秘書にして愛人だったルイーゼロッテ・エンダーレの尽力により、映画のロケ隊に紛れ込んでベルリンを脱出した。その時期のことを滞在先で記したものが『ケストナーの終戦日記』で、逃亡生活もルイーゼロッテの献身に支えられていたことがよく分かる。ケストナーの童話『二人のロッテ』の主人公の双子の女の子の名前がルイーゼとロッテであるのは、この秘書への感謝の念からであるようだ。

横道に逸れたが、もうひとつ記憶を起こされたのが、シベリアの捕虜収容所から戻ってきた母の弟である叔父のことである。おそらく昭和二十年代に叔父は帰国したのだろうが、私が小学生の時分にはよく家に来ていた。シベリアの収容所でのことを父母に聞かせているのを、私もそばで聞いていたものである。

胃が小さくなってしまったらしく、我家での昼食も、食パン一枚だけで満腹していた。満洲のハイラルへ兵隊として行ったことのある私の父と、シベリアの寒さについて話してもいた。隣りの区に住んでいたので叔父が来るだけでなく、私も母に連れられて訪ねたものだが、当時としては裕福な暮しぶりだったろう。

しかし、この一家は後に駄目になってしまった。叔父が株にのめり込んで失敗したらしい。働かずに株に行くようになった頃から、次第に疎遠になってはいた。シベリア体験が叔父を変えたのだ、と長兄が言っていたが確かに何か人と違うものがあったように思う。ただ単純にシベリアの捕虜収容所体験とナチスの強制収容所体験とを同じに見做すのは正しくないだろう。だが、本書に記されていた、ほとんどすべてのナチスのホロコーストにおける生き残りの人々がかかったという抑うつ症の症状が、叔父を思い出させたのは確かなのである。

抑うつ症の三番目の、そして最も注目すべき要素は、リフトン博士の呼ぶところの、「精神の閉鎖作用」、あるいは他の精神科医の呼ぶ「情緒の欠乏」である。生き残った人々は、戦争前には、すなわち戦争中のあの体験を経る以前には可能だったように、物事を感じたり、感情を外に発散させることが出来なくなっている。戦争中、強制収容所や森の中では、「精神の閉鎖作用」は生きのびるための秘訣だった。つまり、その日からあくる日へと自分の生命や精神を失わずに生きていく方法だったのである。しかしながら、戦争が終っても、この、戦争中に身に着けた方法が残り続けると、それは今度は強味というよりも邪魔物になる。自分の周りに壁を築き上げてしまった生き残りの人々、何か面白いことをするという気の失われてしまった生き残りの人々、死は征服したが、同時に生きることも超越してしまった生き残りの人々について、研究者たちは幾つかの報告をしている。

右のようなことは、どこか虚無感をただよわせていた叔父にもいえることなので、(生き残りの人々の子供たちの間に、抑うつ症や、自己機能障害の問題に悩まされるものが見られるようになり、この数は増加の一途をたどっています。これは、社会的な病変が、一つの世代から次の世代へ伝達された明らかな例と思われます)との本書におけるある博士の報告に、叔父の子供たちである遠い記憶の中のあの二人の従弟は、どの程度の影響を受けたのだろうかと気にもなってくる。

著者は、(父の怒りは母の痛みと同じように普段は閉じ込められていて、子供の行儀の悪さはそれを解き放つほんのきっかけに過ぎなかった。いったん解き放たれた怒りは、溶岩のように怒り狂い、止めるすべもなく迸りでた)という日常に育った。楽しかるべき食事時に、その食べ方が気に入らぬと父親が怒鳴り出す。すると母親がそれに過剰反応して、浴室に閉じこもる。長子である著者は子供でありながら、次のように母を気遣うのだ。


「母さん?」私はこぶしでドアに触ってみた。

「ひとりにしといておくれ。ひとりでいたいのよ。」

「母さん、大丈夫なの?」

母は泣いていた。「もう死んでしまいたい、もうとても我慢できない。」

私は一所懸命耳をすませた。私が一所懸命聞き取れば、少しでも母の心の痛みを漉し取ることが出来るような気がした。痛みは母の身体を離れ私の内に入り、分かち合うことによって軽くなるだろう。そうでなければ、痛みのため、いつか母は死んでしまうだろう。鍵のかかったドアの向こう側で、母はやすやすと自殺することだって出来る。私がこうやってドアの外で立って待っているうちに、自分で注射するか、錠剤をひと瓶呑み下してしまうことだって、出来るのだ。

「母さん！」

答えはない。

この健気な「子供」はそうして、〈父に怒鳴り返すことは出来なかったし、母を責めることも出来なかった。両親の体験を考えれば、どうして私が幸福で健康で素直な娘でなくていられよう〉とまで思っているのである。求道的なこの使命感と努力がホロコーストの子供たちの特質であるらしい。

生き残った人たちの抑うつ症が形を変えて次世代に影響を与えてゆく。親たちの癒し難い心身の傷の裏返しである〈子供は幸せでなければならない〉シンドロームは、子供たちの不幸になる権利を奪い、自立を阻むことにもなる。これを縮小したものが、物のない戦中戦後に育った親たち（私もそれに入るだろう）の子育てにみられるから、他人事ではない。

それでも、生き残った親たちの期待に立派に応え、世に活躍してゆく「子供たち」は多く、著者はまさにそうしたひとりなのである。やがてユダヤ人としてのアイデンティティがそうさせたのか、一九六七年、ボランティアのためイスラエルに行く。そして三年間滞在し、そこで受けたユダヤ人教育を肯定しつつも、その聡明さは（イスラエルの未来には限られた可能性しかない、と私には思えた）という結論を出し、再びアメリカに戻ってくるのだ。

はりつめた母子関係を徐々に弛めていくその終章が、人間の可能性を明示しており、ユダヤ人を地上から抹殺しようとしたヒトラーの最大の誤算が、この「ホロコーストの子供たち」である、と教えている。著者の同世代である訳者の後記も、衒いのない良識ある市民のものだ。

戦後生まれも、もう世の中堅なのである。

歴史に残るほどの極限状態を経た人間たちを縛る、虚無や無感動。しかし、そこからも、愛ある努力が生の肯定を一滴ずつでも滴らせることを、本書は丁寧に語っているのだった。なぜもっと早くに読まなかったのだろう、私はこの一冊を、本当に。


（九二年六月）

生き抜いて語った〈文革〉
『上海の長い夜』（鄭　念）

この『上海の長い夜』は、娘、私、息子という順で読んだ。まず読み終った娘が、「ほんとに素晴らしい人よ」とつくづくこの著者に感心していた。次の私も、まったく同感。そして息子は読みながら、「うーん、やっぱり教育って大事だよなあ」と怠け者にしてはめずらしくそうつぶやき、何度も頷いていた。

映画「ラスト・エンペラー」や「芙蓉鎮」で、文化大革命のことは、映像的に子供達も少しは知っていた。が、これは反革命分子として投獄された七年の月日の詳細な記録で、またもう少し文革について知ることができた。そして、著者の知性が分析した文革に、息子ならずとも教育の大切さを思わずにいられなかった。私の場合かさねてそう思うのは、文革初期は日本のマスコミではかなりこれを肯定的に報道していたからだ。もちろん当時の状況からいえば仕方のないことであろう。十年間の文革、さらに十年経ってのこの一冊なのだから。

たしかあの四人組のうちの王洪文については、すい星のごとく現れた若き新指導者というような形容であった。憂愁をたたえたまだ青年の雰囲気さえある王洪文の写真に、若きヒーローという印象さえ十代の私は抱いたのだった。当時の扱いもそうだったからである。

またある雑誌での江青についての数ページの紹介は、貧しい生い立ちから美貌と才気でここまできた、という全面的肯定文であった。国民的大女優のように書かれてあった。さらに毛沢東との出会いやその愛情生活も、純愛物語になっていた。

実際の江青は二流か三流の女優だったらしく、それゆえ文革中には才色兼備の女優達をかなり迫害したらしい。著者の娘はまさに美しい若い女優だったが文革中に謎の死を遂げている。

私の記憶のなかの文革初期のマスコミの報道はそんなふうだったので、無知のこわさをいっそう思うわけである。紅衛兵にメチャクチャにされた自宅の部屋を眺めたとき、この著者も次のように思うのだ。

人間は生来、ある程度破壊の性向がある、というのは真実ではないだろうか。見せかけの文明なんぞは、とっても薄っぺらで、私たち一人一人に獣のようなところが潜んでいるんだろう。もし私が若くて、労働者階級に育ち、毛沢東を尊敬するように育てられ、毛は絶対正しいと信ずることを教わっていたら、紅衛兵がやったのと全く同じように行動したのではないだろうか。

中国人として国を愛しつつ、西側で高等教育を受けた国際人、知識人であるこの人は、自分の住居の家具調度や美術品、書物等の価値を解らない紅衛兵を、痛ましくも思う。

そのやさしさが、自宅の破壊の最中にも、宝石を盗んだ紅衛兵の少女をかばったりする。

しかも、冷静に文化大革命を乗り切って復権したぐらいだから、生きる知恵を駆使し、強く出るべきときは決してゆずらない。寛容な思いやりと、生き延びるための努力と忍耐に、頭が下がる。じつにつよい人である。

（文化大革命が唯一生みだしたものは、少なくとも年若い労働者が世をすねた考え方とずうずうしい態度で順応していく、新しい環境でしかなかった）と著者は言う。文革の十年が中国の政治、経済、文化に与えた損害の大きさに、こちらは嘆息する。

この受難の日々に、著者の友人は、今は頭を下げてこの時代をやりすごすようにと、こう助言する。

われわれ中国人にとって、一年がなんでしょう。何千年というわれわれの歴史のなかでは、一年なんてまばたき一回分くらいでしかないですよ。われわれにとって時間の意味することは、あなたがもちろんよくご存知のヨーロッパ人にとって意味するものとは同じではありません。

ちょうどこの言葉は、同時期を描いた映画「芙蓉鎮」で、十年の刑を言い渡された夫が身重の妻に、「生きぬけ、豚になっても生きぬけ。牛馬になっても生きぬけ！」と励ますシーンを思い出させる。

この夫は県立文化会館の館長だったが反革命の廉により この地（芙蓉鎮）に下放されてきていた。ウスノロのふりをしてこの文革を生きぬき、再びここに戻ってくる。（メイ・ファーズ）という言葉を思い出す、中国人の諦観ではある。

七年に及ぶ獄中生活の詳細は、スターリン時代の強制収容所の日々の記録のようだ。

密告、捏造が絡みあう個人崇拝体制の暗闇。

娘を安全な香港から上海に連れて帰ったため、結局、娘を喪うことになった著者は自分を責める。

（スターリン治下のソ連についてあんなにも数多くの本

を読んでいたのに、どうして私は共産政権の実体を見通すことができなかったのであろうか）というこの後悔に、自国を信じて戻ってきたのに裏切られた、多くのリベラルな知識人の嘆きをみてしまう。

文革の嵐のなかで、その類い稀なバランス感覚で政治家としても生き残った周恩来の力もこの一冊からうかがうことができる。若き日外国に学んだ広い視野と中国人としての矜持に支えられた知性は、周恩来やこの著者に共通する豊かさであるが、毛沢東にはないものである。劣等感が生む毛沢東の野望の攻めに、からくも踏みとどまった周恩来の知の老練さ。周恩来の怜悧な配慮で、あの頃、文字通り命拾いした人々もかなりいたようだ。

いかにも著者は不屈の精神で生き延びた。それだけでも充分この人は素晴らしい。

でも娘と私がうたれたのは、その〈理知的なやさしさ〉のためでもある。

七年間の投獄生活から解放され復権した著者には、紅衛兵に膨大な額のお金を持ち逃げされたにもかかわらず、預金の凍結解除によりかなりの資産が返却された。

それを、たとえばこんなふうに遣うのである。

私は居民委員会の党書記を通じ、婦女連合会が紅衛兵によって破壊されてしまった育児学校やセンターを再建する計画に着手したことを知った。小さな子供をかかえながら共稼ぎしている若い夫婦を援助することは、やりがいのあることだ。そこで、私は党書記を通じてこの目的のため六万元（八百五十八万円）を献金した。

その他にも、温かくよく見通しつつ、自分の富を社会や親類縁者に分けてゆく。

試練を強いた文革を通して、ヒトの姿、国の在り方についてあらためて考えてみようという姿勢と、その実行動に温かい知性を感じる。

出獄後も、公安局のスパイが自宅の女中や著者の語学の生徒というかたちで、著者を張っている。だから、根底で自由社会に暮すことを望む著者が、脱出ともいうべき出国に成功したことは、幸いだった。現在はワシントンに住み、八八年にアメリカの市民権を得たときは、「生まれて初めて自由な投票権が得られることは、私にとって大変嬉しいことだ」と訳者への手紙で述べていたという。

ところで、著者が望み、そして幸運にも叶った自由主義国に暮すこと、をあらためて私も考えてみたい。（ジミントー）というと、今やかなり老獪な感じがする。でも自由民主党とは、ザ・リベラル・デモクラティック・パーティーとのこと。リベラルでデモクラティックな政党……すると他の人はいざ知らず、この私のもっとも理想とする政治をやってくれる政党ではないか。私が幼時にくり返し母から、意味が解らないのでひとつの言葉のように聞いてきた、ダンジョドーケン・ミンシュユシュギ、ゲンロンノジユーという元気のいい言葉たち。（ジミントー）は、これらを遂行するヒトビトの集団なのだ。だったら大切にしなくては。大切なものについてはよおくよく考えなくては。

しかし、ちょっと考えただけでもう、あることを思い出した。

いつだったか、「この度は自由民主党に入党いただきまして……」という礼状が届いた。

いつの間にか、私はジミントーインになっている。党費もちゃんと払っているようだ。本人が何もしてないのに、こうなっている。「?」と「!」で、頭のなかは失語状態。しかし、ナゾはその日のうちに解けた。それをここに書けない。アトがこわい。

このことだけで、男女同権・思想・信条・言論の自由が、かすんできた。もっともっとよく考えたらどうなるだろう。明るい気持になるだろうか。それとも?

この『上海の長い夜』の著者のように、私も自由で民主的な社会をこそ何より大切に思っている。考え続けなくては。

（八九年五月）

ダイジェスト『まどさん』

　まどさん、といえば（ぞうさん）とくるほど、まど・みちおさんのこの童謡は広く知られている。現在大学四年の娘と浪人中の息子もこの「ぞうさん」や「やぎさんゆうびん」「ふしぎなポケット」「ドロップスの　うた」「一ねんせいに　なったら」等のまどさんの作詩による童謡を歌ってきた。また、小学校の教科書でもその詩の素晴らしさを教えられてきた、〈まどさん育ち〉なのである。成人になった今も娘はまどさんの詩が好きだし、中年の私もそうである。

　その詩人の人柄を知らせる『まどさん』（阪田寛夫著）という評伝が七年前に刊行された時、読んでますますまどさんのファンになったのだが、同時に著者である阪田寛夫の慧眼にも敬服した。これは書く人と書かれる人が共にいかに優れた詩人であるかを、よく知らせる一冊である。温かく鋭い著者の名文は、ちょっとこわいものをさえしのばせている。良き評伝の見本のような『まどさん』の次のような箇所は特に、書く人と書かれる人の人間性を表わしていると思う。

　そのまどさんを、「まどさん」と呼んで、私も私の仲間の誰もが恥ずかしくないのは、恥ずかしく思わせないだけの気苦労を先方が尽くしているからだ。面識のない通行人の目にさえ、まどさんは「まどさん」と映って違和感を起こさせない。この筆名を使いだした当座こそ、「まど」は武井武雄が描くような風見鶏のついた赤い屋根の下のお伽噺風の「窓」だったかもしれないが、現在のまどさんは、山奥にとり残された小学校の小使室の、桜の花型に切り抜いた半紙で割れ目を補修してある硝子窓かなんかになりきっている。なりきっている、とは忍者のようだが、忍者と違うのは七十五年かけて、内側から皮膚の方に向けて徐々に堅固に、一度も逆行しないでそうなってきた点だろう。素朴な人ざわりだが、何でも見通しの目を持っている。謙遜な心と、ずいぶん気むずかしい感受性とが備わっている。そういうことは辛うじて分かる。

この件りに、私がまどさんに電話で発行詩集についてお訊きしたときのことを重ねてみれば、謙虚すぎるほどの気取らない、先輩ぶらない、耳に残る言葉がある。昨年のことであり、だから八十一歳のはずなのに若い高い声で、「私はただの童謡屋ですよ」とおっしゃったのである。この謙虚な言葉はひょっとして、「うるさい詩書きが自分を認めようと認めまいと少しも構わないのです。私のめざすのは常にはるかなる詩であって、地位の為の評価ではないのです」という言葉をずっとのみ込んできた詩人のものではないかと心配する。

しかし、おそらくは電話が終るなりすぐに署名し、日付も書き添え発送して下さったにちがいない届き方をしてくれた二冊の詩集のことを思えば、そうこわがらなくてもいいかなとも思う。それに、その（まど・みちお）と署名された字のやさしさ、温かさも安心のほうへ連れ出してくれるのである。（ま）の字の上の横線が下のそれよりかなり長くて（末）の字のように見える。そして（ち）はつつましくて、まるでまどさんが照れてお辞儀しているようである。こうして、まどさんの素早い心遣い、謙虚な言葉に、我身の不遜と卑小さをやはり思うことになり、なにほど近くもないのに「まどさん」と呼びたくなるのだ。

このまどさんのことをもう少し『まどさん』に教えてもらうことにする。まどさんは家族から「かみさま」と言われていたそうで、他人へ（黙って為る）数々のその心遣いは、やはり普通のひとには出来ないことである。阪田寛夫がまどさんにキリスト教に入信した理由を訊ねたら、（これでは、とりつく島がなかった）というような答えを貰うのだが、この後のことについては次のように記されている。

手をさしだしてくれたのは、亡くなった長兄の長男で今鹿児島に住む物理学者の尚治さんだ。尚治さんはかねがね叔父に当たるまどさんを尊敬していた。どんな風に尊敬したかというと、訪問するたびに「清涼剤を飲んだよう」な気持になる。「自分の叔父でありながら、どうしてこんな人がいるのだろうか」と不思議でならず、「その生きざまと、人となりが、世に知られれば」と願わずにおれないほどであった。ところがあいにくこの叔父さんは目立つことが嫌いである。

（中略）

この甥御の分析によると、叔父さんは自分に厳しいあまり、おのれが非力だと思いこんでいて、その良い面を人に語ることを恐れている。だから、「キリスト教に入信した折のことを話したがらないのも、自分の信仰はだめだ、自分は信者だと言えない、と思っているからではないかと勝手に推察しています」

なお自分自身は信者ではないが、叔父の日頃の生活は誰よりも聖書の教えに近いと思われるゆえ、できるだけ取材に応じて話をするように説得できたらと思っています、と手紙（尚治さんからの）は結ばれていた。

右の甥である人のまどさんへの控え目の讃辞を裏付けることが、周囲の家族や、以前恩を受けた人々によってこの後のページで語られているのだが、じつにいい話ばかりである。

それは人間が暮すその下世話のことでの思いやりなので、いざ自分が出来るかと問えば、得点にならないことだけに、見て見ぬフリをしがちである。利を期待できる助力には無理をするが、その他のことにはパスを決めこむのが大方の大人の本能なのに、とにかくまどさんは無計算で、黙って為る援助を徹してきた。

こうした他者へのやさしさと、自己を厳しく律した日々から生まれた詩であれば、あらためて読み直すことの嬉しさも増す。

虹

ほんとうは
こんな　汚れた空に
出て下さるはずなど　ないのだった
もしも　ここに
汚した　ちょうほんにんの
人間だけしか住んでいないのだったら

でも　ここには
何も知らない　ほかの生き物たちが
なんちょう　なんおく　暮している
どうして　こんなに汚れたのだろうと
いぶかしげに
自分たちの空を　見あげながら

その　あどけない目を
ほんの少しでも　くもらせたくないために
ただ　それだけのために
虹は　出て下さっているのだ
あんなにひっそりと　きょうも

人間の傲慢不遜ぶりを撃つために、ほかの生き物達に（自分たちの空）として見上げさせている。この意識は次の詩にも明らかであるが、地球の環境汚染が深刻になっているこの今の為に書かれたように思える。しかし実際には、既に十一年前に刊行された『いいけしき』（理論社刊）という詩集に、収められている詩なのである。作者であるまどさんに正確な制作年をお訊きしたところ、「よくは分からないんですよ」とのことだった。

ゴミ運搬車

悪臭ぷんぷん
ハエぶんぶん
また　きょうも大騒ぎだ
ストで　ゴミ運搬車が来ないといって

ゴミとは何だ
人間にとって　不用無用の物か
それが　いてくれては困る
不快の物のことか

ならば　地球にとって
それが　いてくれては困る
一ばんの不快の物は
もちろん　そのゴミの生み手だろう

ところで　あれは何だ
地平線の　むこうから
今かすかに　ひびいてくる　あれは
すでに　地球が手配をおえた
ゴミ運搬車のオルゴールではないのか

この静かな告発を支えているものが、感謝であることは先の「虹」でもうかがえるが、「いい　けしき」という詩にも別の形で感じられた。端正で大きく清しい見方である。

いい　けしき

水が　よこたわっている
水平に

木が　立っている
垂直に

山が　坐っている
じつに水平に
じつに垂直に

この平安をふるさとにしているのだ
ぼくたち
ありとあらゆる生き物が…

こうしてまどさんの詩を読んでゆくと、少年詩という分別は消えてしまう。その作品が人柄を表わすかということも、詩においては良くも悪くも稀であるが、『まどさん』を読めば、この詩人の場合は、良い意味で人柄と作品が一致していることが分かってくる。それに、その作品で感じさせてくれるから、難しく論じなくてもいいのだ。この詩人の仕事のなかでも特に私が好きなものを次々に並べてゆけば、それが私の「まどさん論」になることだろう。

告発も感謝もまどさんの詩の輝きとなっているが、楽しさ、おかしさも充分に輝いてルナールの『博物誌』的な作品で喜ばせてくれるのだ。そのいくつかを見てもらいたい。

するめ

とうとう
やじるしに　なって
きいている
うみは
あちらですかと…

ヒョウタン

なさけなや

おなかを
にぎりつぶされた

カボチャ

すわったきりですが
かたが　こってなりません

ケムシ

さんぱつは　きらい

きくのはな

つちのなかは
いま　おまつり
こびとが　うちあげる
はなび　はなび

キャベツ

どんな　バラが　さくのか
この　おおきな　つぼみから

エビ

さいほうどうぐの
ひとそろい
はりやま
ゆびぬき
いと

はさみ

キンギョ

うごくと
ドレスが
ずりおちそう

ふんすい

月のメダルに
とどくまで
よっぴて　のびる
ぎんぐさり

おかしくて楽しくて、そしてはっとさせられるこの小さな詩たちが、中年の私でさえ嬉しくてたまらない。小学校の教科書でこれを知る子供達が、大喜びするのは当然だ。小さな生き物や事象を見るまどさんの視線の温かさと宇宙感が、詩によく表われていて、読むたびに癒されるのである。現代詩（この分別に疑問はあるが）に少しく欠けているこの「癒し」こそ、まどさんの詩の魅力だと思う。現代詩の書き手の多くは、少年詩を現代詩より下段に置いたきり、上を向いたままでいるようだ。

この意識のない詩人達がまどさんの詩を大切にしているのだが、私の周囲にまどさんファンは多い。ある詩人が子供の詩の選をしていて、まどさんの詩を盗作して応募してきたものを入選させたことがあった。さすがこの選者は見る目があったわけだが、事実を知って恐縮したという。子供達のこうした盗作はよくあるらしく、それをまどさんは「子供達からラブレターをもらったようで、嬉しくなります」と言って怒らないのだ。

次の詩も、盗作、応募、入選という好かれ方をしているようだが、私も好きである。

地球の用事

ビーズつなぎの　手から　おちた
赤い　ビーズ

指さきから　ひざへ
ひざから　ざぶとんへ
ざぶとんから　たたみへ
ひくい　ほうへ
ひくい　ほうへと
かけて　いって
たたみの　すみの　こげあなに
はいって　とまった

いわれた　とおりの　道を
ちゃんと　かけて
いわれた　とおりの　ところへ
ちゃんと　来ました
と　いうように
いま　あんしんした　顔で
光って　いる

ああ　こんなに　小さな
ちびちゃんを
ここまで　走らせた
地球の　用事は
なんだったのだろう

まどさんファンを増やすべく私は、この人ならと見込んだ人にこの詩人の詩集を贈ることにしている。駅の近くの小さな本屋さんに注文に行くと、背広にエプロンをしている「社長さん」（と私は呼んでいる）は、いつもほめてくれる。「あー、エライ、エライ。まど・みちおさんの本を買う人は偉いのよ。つまんない本ばっかりみんな買ってくんだからね、もう」と喜んでしまう。また、谷川俊太郎のファンでもあるらしく、「シャチョーサーン……谷川俊太郎の、女に、あるう?」と店の奥に向かって訊いたら、「おーいおい、ありますよお。売れたよこれは。ワタシ読んでね、泣いちゃったんだからね」と飛び出してきて、さっと渡してくれたのだった。何度読んでも私は一滴も涙が出てこなかったので、六十代後半のこの社長さんのナイーヴさにうたれた。昨日、また、まどさんの詩集（二種類計五冊）を頼んだ。雨だったので電話で注文した。社長さんはいなくて、無愛想な店長が出た。面倒そうに書名などを聞き、ちっともほめてくれなかった。

さて、まどさんの詩にはおかしい、楽しい、しんとなる、というものに加えて、美しい詩がある。「クジャク」「ねむり」「りんご」「イチジク」「かがみ」「さくらのはなびら」「けむり」等の詩はじつに美しい。ただ美しいだけでなく発見があるのでその詩が湛えている意志に引っ張られていく。

中でも忘れ難いのが「スピン」という詩で、比喩の豊かさも、推敲しつくされた完成度の高さも、まどさんならではのものだろう。この詩を終りに置いて、もう何も言うまい。まどさんの詩は、そういう詩なのだから。

スピン

そこまできてバレリーナは
じかんに　わかれると
はげしく自分を　ふきけしながら
見ている　すべての人の
てのひらの　うえの
滝の中で　目をとじた

一わの
モンシロチョウの形の
祈りになって…

おいかけてくる何かが

ほんとは　自分の影なのだと
気がつくまでの
ひとしずくの　えいえんを…

＊　スピン…片足つまさきで立ってコマのように回る踊り方。

（九二年六月）

解説

心を行う人

篠原憲二

夕やみの、あるひととき、日付も季節もなくなって亡き母の匂いがやってくる——他の何も考えなくてよい、純粋な存在の記憶として。そんな詩「かっぽう着の印象」から始まる詩集『白い夏』を読むことができた。やっと と言うべきか。佐藤正子さんのこの第一詩集を、佐藤さんはなぜか読ませてくれようとしなかった。今のこの時を、詩集が待っていたかのようでもある。続く三篇もやはり、あまりにも突然にそして意志を持って自ら命を絶った母への思い。十六歳の時のことだ。「その後の私達」では、その事後の苦しみが淡々と告げられ、しかも苦しみであることにおいて母と一致する。四年後の墓参を描いた「あなたを訪ねて」の最後。

もう　四年間
あなたに
屋根はない

あなたが、わたしの心だと言っているかのようだ。次の作品「三年前」とは、つまり亡くなって一年後のこと。私である「末っ子の反抗を哀しんだ」あなたは煙と遺骨に「逃げてしまった」——、あなたの求めた「これがやすらぎなのですか」と問う。母の死の意味を問うことは可能だろうか。これらは、客観事実の表現のし方によって詩なのではない。心の事実を述べることによって詩なのだ。

「あとがき」に「数行で匂わせ、象徴的でありたい」とある。四篇のあとの短い作品群は恋愛を描く。母のことで冷える心の陰で、象徴という実線を控えた暗示的詩法が選ばれた。その中の一篇「弱きもの」。

枝々に
あこがれを
しのばせながら

陽光には
沐浴させてしまう……

矛盾を矛盾でなくするもの。アイロニーでもなく、逆転を促す生命的な何か。紆余曲折が透けて見えそうでもある。

そして、詩作を始めた〈短い作歌期間のあとだった〉佐藤さんの初心に〈行〉の観念があったことは余程重要なことだ。詩には行があると改めて思う。一行の末尾の消滅から次行の頭への、言わば死と生起の繰り返し。それは、日本語が述語に達するまで遠いという特性において、その途中の定立しがたい状態を律するのに適った一つの形式感覚と言ってよい。

第二詩集『別れの絵本』のタイトルは、深い含蓄があると思われる。結婚後、育っていく二人の子供たちと過ごす日々は絵本のように——実際読み聞かせをし、時に登場者に成りきって——過ぎていっただろうし、当然作品各篇の情景がまた絵本でもある。「プチフール」では、一歳が「ひとつ」とも言われることをお菓子の一個に掛けながら、それがまだ「ふたつ」ではない、不安という生のつながりの証しを噛みしめている。そして「かさね着」の中のこのフレーズ。

そうなの　あの　すめる
に　さそわれる　わーず
を　たしかめあう　にーど
に　こたえてしまう　まいりっぷ
しなやかなその　あーむず
に　かてない　おーるうえいず

子供の愛しさに、どんな言葉もかなわないが、子供たちが佐藤さんの詩の言葉を、めざましい声調に——いっしょに交わすふだんの会話の勢い通りに——変化させた。

「おまえたち」が「おまえたちのママン」の心、になった。それを「ありがとう」と言うのは、夕方ともなると「ななめにゆっくり冷えてくる」ものがあるからだ。しかし、かつて心を寄せずにいられなかったように、その亡き母の影に、いま自身が母であることが引き入れられていい筈はない。そこに葛藤があった。この詩集の五ヶ月後に発行された詩誌「あら」一三号の「自死したひとへ」と題された中の一篇「だから」には「そう上手くは生きられない／　生きちゃいけないような気がする」とある。そしてもう一篇「おもう」には「あかるく／つとめてあかるく／あなたが　あなたを／帯に吊った　瞬間をおもってみる」とある。想像力という勇気。ここに、不幸の先入見を持ち込む必要はもはやないだろう。人の命の現実の衝迫を「おもう」ことのできる——詩の想像力に純粋に通じる以上の——言葉の力が喚起されているのだから。

詩集『別れの絵本』は二章立てとなっている。各章の扉にはドアノッカーのカットがあしらわれ、「Ⅰ」はいま子供たちといる部屋、「Ⅱ」はかつて父母たちといた部屋だ。「Ⅱ」の「なぜ」から。

　なぜ
　なぜ
　なぜ
ほんとうになぜ
自死したのです

この感情のほとばしりが痛くない訳がないとしても、このリズムはすぐれてオーラルな物語のリズムである。童話が、あるいは残酷を語って乱れずにいるような、ある節度に類するところもある。象徴の詩法にはなかった弾力で、その時の母の、命へのもう一方の意思を直截に「しっかり」受け止めようとする。この力を、子供たちとの時間が与えた。「まるい朝」の、また「かえりみち」の、自然の光に満ちた時間が。そしてそれは、亡き母を逆に絵本の世界に引き込みさえする。「Ⅰ」の「おさそい」に現れる「蚊のおばあさん」に注目したい。坊やの血を吸った蚊に「お菓子の国に」きませんか「ぱちんてやりませんから」とさそう。蚊は、坊やと血でつながる亡き母の訪れと見てよいだろう。すると片や「Ⅱ」では、かつて佐藤さんがいまわの父に望まれて、自分の乳を搾って飲ませてあげたことが書かれる。血と乳が双方を行き交う、これは佐藤さん自身のためのもう一つの物語になっているのではないか。そして「別れ」とは、成長する子供との間のそれであると同時に、かつて母に寄せた心が、今の心のより奥の側に仕舞われるということ。

　第三詩集『家族』の「あとがき」に「幼い頃から絶えず他者との距離を測っていたような気がする」とある。この詩集の魅力は、その感受性の記憶を今の表現力（時間差に潤された実線）で再現したところにある。そのヒントは既に詩誌「あら」一〇号の作品「おもいでのくに」に現れている。冒頭の「次兄《あに》」の最後。

　　次兄のきもちが
　　着地の瞬間
　　血っと視えて
　　あぶない

前詩集では、時点が二分されていた〈目のあたりにする生き生き〉と、〈記憶に残る生々しさ〉とが一致したと言ってもいい。しかし、読めば読むたびに沁み通ってくる各篇の輝きは、そのためばかりではない。それは、「明かるい家庭の初めての挫折であった」母の死への問いが、家族への愛惜の詩篇一つ一つに懸けられ、詩を試すからではないか。「シーソー」では、母と姉の個性は「水平になる」が、父とわたしとではそうならない。「でせめても言葉の相似をたのんだら／空いてしまった天の座が／斜めの視線のうえで　もう／汚れていた」と終わる。子供だった私を言葉にしようとしてさえ、既に傷んでいるものが見える。その意識に、言葉が及ばない――そんな敗北が予め定められているかのように、これを「汚れていた」と言ったのだ。

　しかし作品「空」は、敗北こそを言葉にした。母の火

葬の「けむりもけむり」から始まり、「はりつめてみてるのに／じき　負けてしまう」、それは、

母のけむりに　じゃなくて
くろくおちた眼を
まっさおにたかくひっぱる
ふかい　この
半球のほうに

この半球は、亡き母というかつての母と、いま私が母である母とが合わさるところでもある。また、第一詩集『白い夏』の中の「今もまた」の「飢えている／意識の邂逅に／　／明日の実りを／与えてしまう」この意識の邂逅が実現したところでもある。そこに負けるとは、少女の未来である今のわたしに、母の死の意味への問いが負けるということ。時間の遡行によって、あの時のわたしに深々と負けることをさせた――問いを乗り越えた――佐藤さんの、これは詩の時空の到達点だ。

「（昔の家族）ではあっても私は書かずにいられなかった」という。それは、わけても母との「距離」をゼロと見定めずにはいられなかったということ。そして、末尾に置かれた「父母」でとうとう、何を措いても残される「あかるいこころ」に行き着く。「その一点が／いまながれつつある／時代のわたしを／線になって／正す」。「点」から「線」へ、それは行為を促すだろう。生活において、対人関係において、そして詩人であることにおいて。詩の〈行〉とは〈心の行い〉であると言ってみたい。その研鑽が、この詩集に高い完成度――明るい行――をもたらした、と。

第四詩集『人間関係』は、〈わたしが、わたしの心を行う〉という地平に立った詩集だ。冒頭の「イノセント」の最初、「為るたびに／ぴったりくる／いいと思う」。この距離ゼロの肯定感は、前詩集の「あかるいこころ」を引き継いで、なお突き抜けている。どの作品においても、関係意識の中に自分と人とを置き、そこに開かれるあるフェアな感覚をリアルタイムにかつ実線で描く。〈行〉

がそれを受け止め運ぶ。ネガティブな心理的場面でも意識は左右されない。「三人称」の、「が　生身はここから／　／降りない」という覚悟。「電話」の、「ライバル／だけど／親友じゃない／から」という割り切り。ポジティブな場面では真情が際立つ。「友情」や「スマイル高原」にある、ひとしおの「うれしさ」や「感謝」。「階段」では、人への敬意がその人との「和音」という官能的イマジネーションにまで高まる。「星座」では、星々に我が願いを語らせて、アリアのように美しい。そして子供たちとの関係においては、子供たちそれぞれの個に即する個であろうとしている。最後に置かれた「窓」は、街で見かけた子育て中の女性のひとこま。彼女は「いまは具象でも／いつか抽象になるような」「自画像を仕上げるのに夢中」なのだ。自分の来し方を重ねて、時の励ましを共有する。

第五詩集『同い年』は、〈心を具体化する〉詩集だ。昭和二十年生れの佐藤さんが「戦後」と「同い年」と言うとき、平和の実体を命ある者の如くに願うのだし、「憲法」と言うときそれは、その腕とこの腕が互いに護り合うもの。「愚行権」ともなると、我が心を絵本を描くように自在に行うことだ。そして、思い出の一つの「至福のとき」を、作品「蜜月」は、体の衰えを意識する今、再び心に描き戻そうとしている。それを夜空の星の三角形の中心に据え、当の「相手のあなたさえ／この先は通さない」。言葉とは、〈背理の背理〉ではないか。かつてと反対の立場で今のわたしが振る舞う、そう言葉にすれば、心は「時の腕」に抱かれ具体的なものになる——そんな詩的直観が働いていると思う。

詩集未収録の「白い大きな猫」は、動き回るその「素」の姿の変幻が幾通りにもいとおしい。

　　おかあさん疲れました

と言って「いま　わたしの膝のうえで」「里帰りしている」。おまえも、わたしの心だね——そう佐藤さんは言っている。

呼吸するように紡ぐ

佐藤夕子

詩人であり母である佐藤正子は、終戦の年、後に憲法記念日となる日に生まれ、つい先日、古稀を闘病の床で迎えた。

わずかに四半世紀を娘に先んじるだけの母の最初の三十年は、世界史や日本史のいっとう最初の時代と同じく、本で読む「お話」以外のなにものでもない。

ただその「お話」は、問わずがたりでもなければアルバムでも過去の日記でもなく、いつも、母がぽちぽちと人生の中に鏤めてきた詩をとおして知る挿話だったのだが。

高校一年生のとき、実母を自殺という衝撃的な形で亡くしたこと。

今も親交が続く、生涯の親友との出会い。

自分とはまったくタイプの異なる頑健な三人の兄姉たち。

実父の闘病と死に寄り添った、子どもたちの年少時代。

そのいずれもが、自分のよく知るあの「おかあちゃま」ではなく、「旧姓キムラマサコさん」という、薄いカーテンを隔てたあちら側の窓辺に座り本を開いている女性であるらしいのが、すこしおそろしかった。

実家には、今も第一詩集からの一篇が、額に入れて飾ってある。

一人になると

ことばの香りがうすれた
夕やみに佇つと

瞳は

記憶を
吸いあげて
こぼしはじめる

前を通るたびに目で追えば、じき記憶してしまえる掌篇だ。母の詩が択ぶ〈ことのは〉は昔も今も常に簡明で、彩りが深く彫りが鋭い。豪華な花弁以上に紅い、端正に萌える薔薇の若葉を思い出す。幼児にも楽に読めるけれど、子供騙しは微塵もない。呪文のように口を衝くリズムがあり一度飲み込んでしまうといつまでも忘れない。きりっと小粒でぴりっと辛い。その後誰のどんな詩を読んでも、母が書くことば以上にタイトな深み、を見つけることはない。かなりたってから、当初は短歌も作っていたと知り、少し納得したように思う。蛇足ながら、当時唯一読めなかった「佇」の字はこの詩のおかげで覚えた。

次の二十年は、主に成年するまでに見聞きした母、肥大した自我の捉える母の姿である。かわいげのない思春期や面倒な大学生活や頑固な求職期を支えてくれる一方、こっぴどく叱られてばかりのいわゆる「怖い」母親であり、同時に第二詩集『別れの絵本』の前半がそれで占められているほどに、二人の子供の「あるある」を見事に掬い取る名人であり、そこが家の台所であれ銀座の歩行者天国であれあるいはひょっとしてどこかのトイレであれ、言葉に救われ、言葉に囚われて生きる者ならではの自然さで、呼吸するようにことのはを紡いでいく天性の詩人である。

その頃はよく、朗読会や（青山の地下カフェ「エル・グレコ」の独特なレトロ感は忘れがたい）出版記念会にも参加していたようだ。学校から帰ってくると姿がないことも多く、妄想女子らしく酸鼻な事故に巻き込まれた母を想像して大泣きしたこともあった。けれど時には件の会に姉弟揃って参加し、綺麗な衣装を着てきちんと口紅をつけ、顔の横に髪を多めに垂らすお気に入りの髪形で詩を朗読したり、だれかれの祝福を受けたりしている母を見ていた。今そこで祝ってもらっているのが、自分や弟を描いた詩であるのがこそばゆくも晴れがましかった。圧倒的に多かったのは弟に材をとったほうであることはあいにく感じ取っていたけれど、所詮常識派（！）は主役にはなれないと気づいてからは、別段トラウマにはならなかった。証拠に、第二詩集で一番好きなのは弟と実際に子豚ごっこをした光景（おそらくここに書かれた一人遊びの後、学校から帰ってきた私が「コブタ」として加わったもの）を鮮やかに蘇らせる一篇である。ここでもあいにく姉は、すでにあの神の如き石井桃子の手になる『くまのプーさん』邦訳を読んでしまっていたのではあったけれども……こうした詩たちのおかげで、不惑をいくつか超えた今でも、「私が子どもだったころ」を掌ににぎりしめていられることの貴重さは計り難い。

ことば

病みあがりの午後

ひとりで子豚ごっこをしてた
　おまえが

ぼくは　こぷたなの
コブタよりもっとかわいいんだよ
そう言って　まるくなった

（後略）

第三詩集からは、母の最初の家族の一風景を切り取っているのだけれども、優れた作品が常にそうであるように、表題でもある〈家族〉を普遍的かつ象徴的に捉えている一篇が殊に好きである。同詩集収録の「凧」などにもみられるが、文末の間投詞をぽんと一文字だけ最終行にはねるのも、この頃の母（若い！）らしい巧みな技法だ。なにより「それなりに星座なの」がいい。絆、みたいな胡散臭いごまかしはどこにもない。それなりにつながってそれなりにばらばら、それが家族というものであるべきだろうから。

顔

うちはみんなばらばらの顔
だとおもってた
（中略）
いちばんにみつけたい　眼が
数だけならんで
それなりに
星座なの　ね

詩というと世人は儚いレースやフリルや花の世界を勝手にイメージしてくれてしまう。無論レースもフリルも薔薇も好きではあったけれど、性格的には娘も似て（？）たいそう気が強く、弁も立ち、頭も切れる、いわゆる「怖い女性」であったし、世間知も十分で、なによりいわゆる「俗」の楽しみをよく知っていた。体は弱かったが気持ちは勁かった。けれど「聖」の部分では、指から黒い〈あかさたなはまやらわ〉が珠のようにつらなりゆらゆらとすべりながら白い紙に写ってゆくのを、準備万端整えて待っていた。九歳の頃か、寝入っていた鼻先をなにやら重い音がかすめてゆくので驚いて跳ね起きると、母が布団を運んでいた。？と目をこする子に無言で笑いかけて母は居間に消えた。謎は謎のままにほどなく寝入ったが、再度気配が動き片目を開けると、布団を運んで寝室に戻っていく母の背中が見えた。あれはなに、と朝になってから聞くと、寝静まってから詩が「おりてきて」しまい、居間でゆっくり書こうと思って単身大移動を敢行したものらしい。そういうところは癌で倒れてからも変わらず、昨夜は眠れなかったというので心配すると、詩が、それもいっぺんに二つも三つも降ってきて大変だったのだという。遠い日に両親や兄姉と並んで見上げた星が、数十年後にまた母のところに落ちてきたのだろうか。生粋だ、と呆れ感心した。

詩はいいよ、書いてほしいなとはついに一度も言われなかったが、そんな必要はそもそもなく、四歳にして立派な活字中毒だったし、詩ではないにせよ文章を書くことは大事な趣味だった。こどものとも、岩波少年文庫、村岡花子訳赤毛のアン、ゲド戦記、リンドグレーン全集、ドリトル先生シリーズ、人生の宝物となる書物を必要な時期に好きなだけ読めたのは、すべて母の確かな選書眼の賜である。最初に絵本をこさえたのは六歳で、それ以降、たいそう下手な絵とともに（弟と違い絵心がないのだ）たくさんの珍作を画用紙に書きホチキスで止めて作ったけれど、一つ残らずとっておいてくれていた。小学校の担任から薦められて横浜市が作る文集に童話を寄せたときも喜んでくれ、後になって別の場で「あの作品は、きちんと訓練すればプロになれるレベルのものでした」と書いてもらった喜びは、今も感謝の念とともに消えない。

最後の二十年は、きわめて濃密な、大人同士の関係に入る（と勝手に思っている）。名実ともに成人の自覚ができ、自分にとってカーテンの向こう側の別世界の「旧姓キムラマサコさん」が、こちら側にいる「カーサン」とようやくぴったり重なったのがこの頃だった。

詩作についていえば、知命を前に第四詩集を出した後は、どちらかというと他者の詩才を見つけ出し拾い上げるほうに邁進していた。第四詩集の表題にあるとおり、詩を中心においた人間関係にすこし疲れていたように見えた。以下などは、かなり思い切った当時の真情吐露である。〈仲良し〉は、カタカナで書くとひどく醜いことをこの詩で知った。

たぶんこの頃だったろう、「カーサン、詩なんかやめちゃえ」と口走って母になんともいえない顔をさせてしまった。ごめんね、でも辛そうだったんだもの。

仲良し

受話器の向こうで
わたしの不幸を悲しむ
やわらかい女友達が

わたしの幸せを喜んでは
くれない
けれど
ナカヨシ

（後略）

詩をやめるかどうかはともかく、詩集評・詩誌評を詩誌「詩学」に長く連載し、地方紙にも毎週六百字コラムを書いたりしていたが、これら詩をめぐる、あるいはめぐらない小文をまとめた『ポエトリウム』を上梓し、ここから赤い糸がするりとのびて、なんと伊藤桂一先生と北村薫先生という偉大な直木賞作家の文庫解説を書かせていただくことができた。お二方のご厚情は母の人生における最大の幸運といっていい。記してお礼申し上げたい。なおこの表題は、これひとつで一篇の詩であり、いろいろなものを含んだ巧みな造語であると思う。

還暦を迎えて少ししてから、母は第五詩集『同い年』を出したが、これが実質最後の詩集となっている。記念に七冊だけ製作された特別版を、「ユーコちゃんに持ってほしい」と母から差し出してくれたことは忘れない。読み書くことにおいて常に先達であった母に、同格と認めてもらったような誇らしさで、胸の中に林檎のやさしい花弁がふわりと咲いた。

（薔薇より桜より、実は林檎の花が一番好きなのです）

だからというのではないが、母の作品ではやはりこの詩集が一番優れていると感じる。同い年なのは、ちょうど発行日に還暦を迎えた日本国憲法である。

戦後、と人はいまだに好んで言いたがるけれど、個人的には、敗戦後の焦土から平和憲法を支えに立ち直ってきたこの国の一番よい時代が、そのまま母の生きてきた時間に重なり合うことが象徴的で、だからこそ喪われようとしている日本の平和と母の命とが、今また怖いほどにオーバーラップして見える。八年も前に、灼けつくような一途な激しさで、詩集の冒頭と最後に二つの祈りをおいた母は、今のきな臭い日本を、怖いほど見透かしていたのだろう。

憲法

知らなくても
護られている

わたしはこう思う
と言ったり

わたしはそう思わない
と書いたりできる

（中略）

護られていたのだ
だから
護らなくては

同い年――二〇〇五年

（中略）

ただ
同い年のあなたには
健康で長生きしてもらいたい
還暦や古希で満足せずに

（中略）

〈戦後〉という名の
同い年の
あなただけは

平和憲法より二つお姉さんなだけの母にこそ、もっともっと長生きしてほしかった。けれど母の詩は生き延びるだろう。ずっとずっと、喜寿も米寿も傘寿も超えて。

佐藤正子年譜

一九四五（昭和二十）年　当歳
五月三日、のちの憲法記念日に東京に生まれる。

一九五八（昭和三十三）年　十三歳
渋谷区立広尾中学校入学。文芸部に所属し、詩を書き始める。

一九六一（昭和三十六）年　十六歳
実母を自殺で喪う。

一九六三（昭和三十八）年　十八歳
東京都立目黒高校卒。

一九六四（昭和三十九）年　十九歳
住友海上火災保険株式会社入社。

一九六五（昭和四十）年　二十歳
「芦笛の会」に入会。

一九六九（昭和四十四）年　二十四歳
三月、第一詩集『白い夏』（芦笛社　芦笛シリーズ22）上梓。

一九七〇（昭和四十五）年　二十五歳
結婚とともに退職。

一九七一（昭和四十六）年　二十六歳
長女・夕子誕生。

一九七三（昭和四十八）年　二十八歳
長男・史郎誕生。

一九七四（昭和四十九）年　二十九歳

個人誌「あら」発行。

一九七九（昭和五十四）年　三十四歳

十月、第二詩集『別れの絵本』（ぜふぃるす館）上梓。

一九八〇（昭和五十五）年　三十五歳

この頃、東芝EMIによる童謡レコード作詞に参加。子門真人氏、松山祐士氏らの作曲により十四枚を発表。故・佐藤方紀製作部長らの知遇を得る。

一九八六（昭和六十一）年　四十一歳

十月、第三詩集『家族』（花神社）上梓。

一九九一（平成三）年　四十六歳

「詩学」発行人・篠原憲二氏の知遇を得る。同誌一月号～十二月号に「詩誌月評」を連載。

一九九二（平成四）年　四十七歳

「詩学」一月号～十二月号に「詩書月評」を連載。

一九九四（平成六）年　四十九歳

十月、第四詩集『人間関係』（クレーハウス）上梓。

「詩学」五月号よりコラム風エッセイ「ポエトリウム」連載（～一九九六年十月号）。

一九九六（平成八）年　五十一歳

この頃、作家・伊藤桂一氏の知遇を得る。同氏の『花ざかりの渡し場』（新潮文庫）に解説を執筆。

一九九七（平成九）年　五十二歳

「詩学」に詩誌評・詩集評「詩の朝市」連載（～二〇〇〇年十二月号）。

一九九八（平成十）年　五十三歳

九月、初のエッセイ集『ポエトリウム』（詩学社）上梓。

この頃、作家・北村薫氏の知遇を得る。

雑誌「鳩よ！」（マガジンハウス発行）の同氏ロングインタビューにあたり長女との共作でインタビューおよびコラムを担当。
伊藤桂一氏の推薦により、日本文藝家協会に入会。

一九九九（平成十一）年　五十四歳
北村薫の直木賞候補作『スキップ』（新潮文庫）に長女との共作で解説を執筆。

二〇〇四（平成十六）年　五十九歳
北村薫のムック本「静かなる謎〜北村薫」（別冊宝島・宝島社刊）に、長女とともに作品解題を執筆（後、二〇一三年に『北村薫と日常の謎』（宝島社文庫）として文庫化）。
「詩学」七月号より、「詩で書かれた「家族の肖像」」を連載（〜二〇〇七年九月号、同誌廃刊まで続く）。

二〇〇五（平成十七）年　六十歳
春日部在住の詩人の会「木星」の講師となる。

二〇〇七（平成十九）年　六十二歳
誕生日の五月三日、第五詩集『同い年』（水仁舎）上梓。

二〇〇九（平成二十一）年　六十四歳
北村薫の直木賞候補作『ひとがた流し』（新潮文庫）に解説を執筆。
同氏の一四一回直木賞受賞式に長女とともに招待を受ける。

二〇一〇（平成二十二）年　六十五歳
東芝ＥＭＩからのレコードの歌詞をまとめた童謡詩集『あの頃』（水仁舎）上梓。

二〇一四（平成二十六）年　六十九歳
十月、膵臓癌の告知を受ける。緩和ケア外来に通いながら「木星」アンソロジーに寄稿。

二〇一五（平成二十七）年　七十歳

五月三日、緩和ケア病棟にて古稀を迎える。入院中も詩作を続け、現在までに八篇を完成。

五月、入院中の作品を中心とした最後の詩集『訣れ』（水仁舎）上梓。

六月十日、逝去。

十月、『新・日本現代詩文庫124　佐藤正子詩集』（土曜美術社出版販売）上梓。

新・日本現代詩文庫　124　佐藤正子《さとうまさこ》詩集

発　行　二〇一五年十月九日　初版

著　者　佐藤正子
装　幀　森本良成
発行者　高木祐子
発行所　土曜美術社出版販売
〒162-0813　東京都新宿区東五軒町三—一〇
電　話　〇三—五二二九—〇七三〇
ＦＡＸ　〇三—五二二九—〇七三二
振　替　〇〇一六〇—九—七五六九〇九
印刷・製本　モリモト印刷
ISBN978-4-8120-2233-7　C0192

新・日本現代詩文庫

土曜美術社出版販売

- ⑩⑨ 郷原宏詩集　解説　荒川洋治
- ⑪⓪ 永井ますみ詩集　解説　有馬敲・石橋美紀
- ⑪① 阿部堅磐詩集　解説　里中智沙・中村不二夫
- ⑪② 新編石原武詩集　解説　秋谷豊・中村不二夫
- ⑪③ 長島三芳詩集　解説　平林敏彦・禿慶子
- ⑪④ 柏木恵美子詩集　解説　高山利三郎・比留間一成
- ⑪⑤ 近江正人詩集　解説　高橋英司・万里小路譲
- ⑪⑥ 名古きよえ詩集　解説　中原道夫・中村不二夫
- ⑪⑦ 新編石川逸子詩集　解説　小松弘愛・佐川亜紀
- ⑪⑧ 佐藤真里子詩集　解説　小笠原茂介
- ⑪⑨ 河井洋詩集　解説　古賀博文・永井ますみ
- ⑫⓪ 戸井みちお詩集　解説　高田太郎・野澤俊雄
- ⑫① 金堀則夫詩集　解説　小野十三郎・倉橋健一
- ⑫② 三好豊一郎詩集　解説　宮崎真素美・原田道子
- ⑫③ 古屋久昭詩集　解説　北畑光男・中村不二夫
- ⑫④ 佐藤正子詩集　解説　篠原憲二・佐藤夕子
- ⑫⑤ 川端進詩集　解説　中上哲夫・北川朱実
- ⑫⑥ 桜井滋人詩集　解説　竹川弘太郎・桜井道子

〈以下続刊〉

- 葵生川玲詩集　解説　〈未定〉
- 今泉協子詩集　解説　〈未定〉

- ① 中原道夫詩集
- ② 坂本明子詩集
- ③ 高橋英司詩集
- ④ 前原正治詩集
- ⑤ 三田洋詩集
- ⑥ 本多寿詩集
- ⑦ 小島禄琅詩集
- ⑧ 新編菊田守詩集
- ⑨ 出海溪也詩集
- ⑩ 柴崎聰詩集
- ⑪ 相馬大詩集
- ⑫ 桜井哲夫詩集
- ⑬ 新編島田陽子詩集
- ⑭ 新編真壁仁詩集
- ⑮ 南邦和詩集
- ⑯ 星雅彦詩集
- ⑰ 井之川巨詩集
- ⑱ 新々木島始詩集
- ⑲ 小川アンナ詩集
- ⑳ 新編井口克己詩集
- ㉑ 新編滝口雅子詩集
- ㉒ 谷敬詩集
- ㉓ 福井久子詩集
- ㉔ 森ちふく詩集
- ㉕ しま・ようこ詩集
- ㉖ 腰原哲朗詩集
- ㉗ 金光洋一郎詩集
- ㉘ 松田幸雄詩集
- ㉙ 谷口謙詩集
- ㉚ 和田文雄詩集
- ㉛ 新編高田敏子詩集
- ㉜ 皆木信昭詩集
- ㉝ 千葉龍詩集
- ㉞ 新編佐久間隆史詩集
- ㉟ 長津功三良詩集
- ㊱ 鈴木亨詩集
- ㊲ 埋田昇二詩集
- ㊳ 川村慶子詩集
- ㊴ 新編大井康暢詩集
- ㊵ 米田栄作詩集
- ㊶ 池田瑛子詩集
- ㊷ 遠藤恒吉詩集
- ㊸ 五喜田正巳詩集
- ㊹ 森常治詩集
- ㊺ 和田英子詩集
- ㊻ 伊勢田史郎詩集
- ㊼ 鈴木満詩集
- ㊽ 曽根ヨシ詩集
- ㊾ 成田敦詩集
- ㊿ ワシオ・トシヒコ詩集
- (51) 高田太郎詩集
- (52) 大塚欽一詩集
- (53) 香川紘子詩集
- (54) 井元霧彦詩集
- (55) 高橋次夫詩集
- (56) 上手宰詩集
- (57) 網谷厚子詩集
- (58) 門田照子詩集
- (59) 水野ひかる詩集
- (60) 丸本明子詩集
- (61) 村永美和子詩集
- (62) 藤坂信子詩集
- (63) 門林岩雄詩集
- (64) 新編原民喜詩集
- (65) 新編濱口國雄詩集
- (66) 日塔聰詩集
- (67) 武田弘子詩集
- (68) 大石規子詩集
- (69) 吉川仁詩集
- (70) 尾世川正明詩集
- (71) 岡隆夫詩集
- (72) 野仲美弥子詩集
- (73) 葛西洌詩集
- (74) 只松千恵子詩集
- (75) 鈴木哲雄詩集
- (76) 桜井さざえ詩集
- (77) 森野満之詩集
- (78) 坂本つや子詩集
- (79) 川原よしひさ詩集
- (80) 前田新詩集
- (81) 石黒忠詩集
- (82) 壺阪輝代詩集
- (83) 若山紀子詩集
- (84) 香山雅代詩集
- (85) 古田豊治詩集
- (86) 福原恒雄詩集
- (87) 黛元男詩集
- (88) 山下静男詩集
- (89) 赤松徳治詩集
- (90) 梶原禮之詩集
- (91) 前川幸雄詩集
- (92) なべくらますみ詩集
- (93) 津金充詩集
- (94) 中村泰三詩集
- (95) 和田攻詩集
- (93) 藤井雅人詩集
- (97) 馬場晴世詩集
- (98) 鈴木孝詩集
- (99) 久宗睦子詩集
- (100) 水野るり子詩集
- (101) 岡三沙子詩集
- (102) 星野元一詩集
- (103) 清水茂詩集
- (104) 山本美代子詩集
- (105) 武西良和詩集
- (106) 竹川弘太郎詩集
- (107) 酒井力詩集
- (108) 一色真理詩集

◆定価（本体1400円＋税）